庄斯坦：开普勒

452b星

惊险之旅

刘子还 ◎ 著

红旗出版社

图书在版编目（CIP）数据

庄斯坦：开普勒452b星惊险之旅 / 刘子还著．
—北京：红旗出版社，2017.4（2020.6重印）
ISBN 978-7-5051-4175-9

Ⅰ．①庄… Ⅱ．①刘… Ⅲ．①科学幻想小说—中国—当代 Ⅳ．①I247.5

中国版本图书馆CIP数据核字（2017）第088443号

书　　名	庄斯坦：开普勒452b星惊险之旅
著　　者	刘子还

出 品 人	唐中祥	总 监 制	褚定华
选题策划	朱小玲	责任编辑	朱小玲
内文插画	画眉鸟工作室		

出版发行	红旗出版社	地　　址	北京市沙滩北街2号
编 辑 部	010-57274497	邮政编码	100727
E — mail	hongqi1608@126.com		
发 行 部	010-57270296		
印　　刷	河北远涛彩色印刷有限公司		
开　　本	880 毫米×1230毫米	1/32	
印　　张	5.75	彩　页	20
字　　数	208 千字		
版　　次	2018 年 1 月北京第 1 版		
印　　次	2020 年 6 月河北第 2 次印刷		

ISBN 978-7-5051-4175-9	定　价	25.00元

版权所有　翻印必究　印装有误　负责调换

目　录

第一章　原始森林中的神秘小楼 / 1

第二章　日记里的秘密 / 6

第三章　开普勒452b星人 / 12

第四章　外星人发现了庄伟大 / 15

第五章　揭开宛兹人的黑历史 / 18

第六章　外星飞船突降地球 / 22

第七章　庄伟大被绑架 / 25

第八章　坦斯庄爱上了挖掘机 / 29

第九章　在饼干盒子里 / 32

第十章　万安达国王和神奇浴室 / 35

第十一章　暗能量卫生间飞船 / 40

第十二章　沼泽地里的飘浮植物 / 44

第十三章　变成粉红色的湿地人 / 47

第十四章　误入黑暗地带 / 53

第十五章　光之谷 / 59

第十六章　光树和光果 / 65

第十七章　大战机器怪 / 68

第十八章　地下的气球兔国 / 74

第十九章　突如其来的危机 / 78

第二十章　大伟庄气坏了 / 88

第二十一章　奇妙果和巨人们 / 92

第二十二章　宛兹人的血汗工厂 / 101

第二十三章　一个异常大胆的计划 / 104

第二十四章　给庄伟大和动物们催肥 / 108

第二十五章　冲出血汗工厂 / 114

第二十六章　宛兹人的神秘武器 / 123

第二十七章　"话痨"多叶树 / 128

第二十八章　外星沙漠求生记 / 134

第二十九章　危机四伏的绿色大峡谷 / 138

第三十章　山洞里的激战 / 145

第三十一章　考验仍在继续 / 152

第三十二章　小多嘴怪的背包 / 162

第三十三章　外星人的"时髦"派对 / 167

第三十四章　被奶油泡沫包裹住的营地 / 175

第三十五章　重返地球怀抱 / 181

第一章
原始森林中的神秘小楼

"我不是在做梦吧!"路林望着眼前的小楼,简直不敢相信自己的眼睛。

小楼只有两层,风格简洁朴实,坐落在野草繁茂的林间。周围长满了盘根错节的古树,树梢萦绕着乳白色的晨雾;不远处则是树林密集的群山,显得幽静而神秘。

路林疲惫不堪地向小楼走去,身上蓝色登山服又破又脏,他已七天没换衣服了。过度饥饿使他的胃部火烧火燎般地难受。

这里是中国面积最大、保存最完好的热带原始森林——尖峰岭。路林2080年大学毕业,现任《地球探索》杂志的记者,曾在全球多个原始森林做过考察,是个富有经验的青年探险家。由于这次是单独行动,他事先做了充分的准备,并且顺利地来到了尖峰岭的最深处。转折点发生在七天前,当时他将背包放在身边的一块大石头上,蹲下身去用清凉的溪水洗脸。没想到,转眼间,背包就被一只调皮的黑冠长臂猿抢走了。

 开普勒452b星惊险之旅

黑冠长臂猿飞快地爬上树,"叽叽"尖叫着,在树冠间翻腾跳跃,快速前进,其他黑冠长臂猿则在枝叶间上蹿下跳、拍掌叫好。路林用尽全力追了上去,却拿站在树冠上的黑冠长臂猿毫无办法,只能眼睁睁看着它打开背包,挑拣着吃掉部分食物,然后将剩余的东西抖落到深不见底的山涧里……

路林失去了食物、考察笔记及通信设备,彻底与外界失去了联系。他以野果、昆虫、野菜充饥,连走了七天七夜,结果,不但没有走出原始森林,反而彻底迷失了路径。就在他筋疲力竭、濒临绝望之际,意外发现了这栋神秘的小楼。

"有人吗?""有人吗?"他在小楼前站住,虚弱地喊道。小楼里寂静无声,无人回应。

他发现门是虚掩着的,并没有锁,于是试着推开,只听"轰"的一声;再探进头一看,房间里尘埃四起,一群小动物四处逃窜开来,有的顺着楼梯爬上了二楼,有的从窗子跳了出去。

小楼显然已经被遗弃很久了,家具上落满灰尘,地毯上满是污渍,墙角结着密密匝匝的蛛网,不过,依然能看到过去有人生活过的痕迹。最令人惊奇的是,房间里居然摆放着几件很现代化的家用电器。路林很是奇怪,家用电器是要用电的,可这里哪儿来的电呢?于是路林顺着电源线找到小楼的后面。原来,在小楼后面有一条湍急的小河流过,河边安装了小型的水力发电机,能为小楼源源不断地提供电能。

就在小楼的后面,路林发现有一个类似仓库的屋子与房子的一楼相连。路林从左边的一个小侧门进去,发现屋里有一架2082年生

第一章　原始森林中的神秘小楼

产的"钻石牌"折翼飞行器。

路林一走上二楼，就看到楼房有一个诡异的毛坯"缺口"，"缺口"约三十平米。"缺口"处原本应是一间屋子，可现在这屋子没有了顶，墙面露出了粗糙的红砖，地面上落满了枯枝败叶，抬头能看到蓝天白云，侧耳能听到附近鸟儿婉转的鸣叫。

"缺口"旁是一个非常专业的实验室，面积约五十平米，里面的科研设备非常尖端，其中的大部分，路林连见都没见过。

实验室旁是个四十平米大小的书房，一共有两排书架，直抵天花板，上面满满当当放了许多书；窗子没有关，窗扇随风轻轻摇摆着，翠绿的树叶和粉红的花瓣从外面落进来，飘落在桌子和座椅上；窗沿上站着一只色彩斑驳的大鸟，一见到路林，马上拍打着翅膀，飞出了窗子；桌子上的台式电脑上落着些许黑白相杂的鸟粪。电脑上有被雨水淋湿的痕迹，路林操作了一下，发现电脑已经无法启动了。

路林站在屋子中间，环顾四周，心中满是疑问：小楼的主人是谁？为何定居在原始森林深处？现在身在何方？二楼诡异的"缺口"又是怎么造成的呢？

迷惘中的路林眼睛又一次落在两排书架上。书架上和柜子里的各类资料都保存完好，路林认真查阅着这些资料，半个小时后，他终于发现了小楼主人的真实身份。令他大跌眼镜的是，小楼的主人竟然是个非常著名的人物，他就是大名鼎鼎的外星生物学家庄伟大。

地球上几乎没有人不知道庄伟大这个名字，他在外星生物学领域——尤其是在外星人研究方面成就卓著，拥有前所未见的影响

力,关于这方面的著作也是等身。然而,就是这样一位科学奇才,却已经离奇地失踪了十二年。

关于庄伟大失踪的原因,向来众说纷纭:有的说他知道了太多外星人的秘密,已经被暗杀;有的说他遭到外星人的通缉,迫于无奈躲藏了起来;有的说他跟外星女人结婚,移民到其他星球去了;有一种说法最为离奇——庄伟大本人就是外星人(不然他怎么会超乎寻常地聪明),他已经厌倦地球上的生活,回自己的星球去了。

路林是庄伟大的铁杆粉丝,这个发现让他异常惊喜与激动。他想起之前收藏的庄伟大最后一次接受采访时的视频资料,至今他对采访的内容仍记忆犹新。当时负责采访的是个年轻漂亮的女记者。

女记者问:"庄伟大博士,请问,真的存在外星生物吗?"

庄伟大笑道:"当然存在,要是我的研究对象不存在的话,那我还研究什么?"

女记者又问:"那您找到切实可靠的证据了吗?"

庄伟大说:"其实这不需要什么证据,宇宙中大约有一千亿个星系,而每个星系有上亿颗的恒星,这个数量太庞大了。用概率计算一下就知道,地球不可能是唯一有生命体的星球。"

女记者点头说:"有道理。"

庄伟大接着说:"事实上,外星生物的数量简直大得惊人,而且它们并不都老老实实地待在自己的星球上,有的还会在宇宙中四处游荡,甚至来到地球。"

女记者吃惊地问道:"地球上有外星生物?"

庄伟大非常肯定地说:"没错,不过,它们大部分都是非常简

第一章　原始森林中的神秘小楼

单的生命体,大小跟微生物差不多,我们根本看不到它们。"

女记者跟着就问:"那地球上有我们能看得到的外星生物吗?"

庄伟大说:"有时也有,但是最好不要跟它们接触。"

女记者很好奇:"为什么?"

庄伟大说:"因为有些外星生物非常危险,还是不要随便招惹为好。"

……

那次采访过后,庄伟大的生活发生了一系列变故:先是有神秘生物夜闯他的住所,袭击了他,幸亏警方及时赶到,神秘生物被迫逃走;接着,他的儿子和儿媳在驾车外出时,冲出盘山公路,车毁人亡;然后,庄伟大和刚刚一岁大的孙子庄斯坦又突然失踪,不知去向。

对庄伟大做最后一次采访的女记者,一直以研究庄伟大的专家自居。她分析认为,夜闯庄伟大住所的神秘生物正是外星人;那场车祸也是外星人精心策划的,谋杀的对象其实是庄伟大本人,只不过中间出现了偏差而已;不排除庄伟大、庄斯坦已经遭遇不测的可能。

第二章
日记里的秘密

路林在书房的柜子上发现了一张照片。照片上,庄伟大和一个男孩并排站在一起。他推断,那个男孩应该就是与庄伟大一同失踪的——他的孙子——庄斯坦。

庄伟大样子变化不大,花白的长头发和大胡子,圆滚滚的肚子,看上去像条穿上衣服站立起来的匈牙利牧羊犬;庄斯坦十二岁左右,圆圆的脸,细长的眼睛,小小的鼻子,面颊红润饱满,牙齿洁白整齐,右耳廓上有块黄豆粒大小的胎记,看上去古灵精怪,非常可爱。

在这之后,路林又在抽屉里找到一枚U盘。路林按动U盘上的操作按键,空中立即出现了一个虚拟屏幕。屏幕上显示出几十段长短不一的录像,路林依次打开录像,看到里面都是祖孙俩在原始森林里的生活片段:一起做实验的,一起钓鱼的,一起烹饪的,一起下棋的,一起跟野生动物们玩耍的……路林看到祖孙俩过着远离尘世的生活,感情深厚,相处融洽,心里觉得很欣慰。

路林看完那些有趣的录像后,又来到一间卧室。路林环视卧室

第二章 日记里的秘密

后,猜测这应是庄斯坦的卧室,因为床头的柜子上有一张庄斯坦的画像。跟大部分同龄男孩的房间一样,庄斯坦的卧室稍显凌乱。但是,仔细观察一下,就不难发现,卧室的小主人是个与众不同的孩子。卧室里既没有漫画书,也没有玩具,而是有许多关于外星生物的资料、图纸和模型,其中的大部分,甚至连外星生物学发烧友的路林都看不懂。

庄斯坦有记日记的习惯,日记本按照时间顺序整整齐齐地摆放在卧室的书架上,因为长时间没人打扫,上面已经落满了灰尘。路林抽出日记本,抖落掉上面的灰尘,小心翼翼地打开,饶有兴趣地读了起来。

通过日记,路林了解到,原来,由于工作的特殊性,庄伟大知道了太多外星人的秘密,不断受到来自其他星球的恐吓和威胁,但仍不愿放弃自己的研究工作。在庄斯坦的爸爸妈妈遭到暗杀后,庄伟大受到了前所未有的打击。他担心自己的宝贝孙子——最后的亲人——也会遭遇不测,所以带着他来到尖峰岭原始森林里过起了隐居的生活。

隐居后,庄斯坦不但很快适应了周围的生活环境,而且在爷爷的教导下,成长为一个小小的科学天才。才十多岁,他就可以协助爷爷庄伟大进行各种研究工作。他成功地改良了庄伟大早前发明的宇宙语言翻译机。使用改良后的宇宙语言翻译机,既可以跟外星人进行交流,又可以与森林里的动物进行交流。因此,他在森林里交到了许多动物朋友,如小鹿巴泥、红狐阿丘、白面猿努桑、狸狐朵乖,他们经常一起玩耍,一起探险,别提多开心了。

第二章 日记里的秘密

庄斯坦在日记里常提到一个"死对头"——一只大约两岁大的小豹猫。这只小豹猫全身呈银灰色,一只眼睛是黄色的,一只眼睛是绿色的,因此外号叫作黄绿,是原始森林里出了名的捣蛋分子。它几次三番地潜入庄斯坦的房子偷食物、搞破坏。庄斯坦和巴泥、努桑约定好,要想办法抓住黄绿,狠狠教训它一顿。但是狡猾的黄绿似乎察觉到了什么,竟隐藏了起来,再也没有露面……

庄斯坦日记中记述最多的还是爷爷,说庄伟大平均每天要工作十三个小时以上,是个典型的工作狂。"成年累月地用各种先进仪器,设法捕捉其他星球的信息,搜集外星人的秘密,并且乐在其中。"

"爷爷工作时很认真,在生活中却是个超级可笑的大笨蛋,"庄斯坦在日记中写道,"哈哈,他甚至连米饭都做不好!唉,很多时候,不是他照顾我,倒是我照顾他!"

"爷爷是个可笑的老顽童,平时我基本上拿他当'哥们'……空闲的时候,我们经常跟动物们一起玩耍,还发明了许多稀奇古怪的东西……"

"我们利用仿生学的原理,制造出一种高科技仿生苍蝇镜。苍蝇的眼睛具有类似慢放的功能——所以徒手捕捉苍蝇才比较困难,戴上高科技仿生苍蝇镜之后,就能获得跟苍蝇一样的视觉能力……"

"今天,烤面包时发现没有酵母了,我和爷爷决定自己配制,结果误打误撞发明出一种超级酵母。这种酵母的发酵能力是普通酵母的数十亿倍,只要用上一点点就能产生魔术般的效果,用芝麻大小的一块,就能做出一个风车大小的面包……"

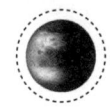 **开普勒452b星惊险之旅**

日记里类似的趣事实在是太多了,但路林此时最想知道庄伟大和庄斯坦的去向,没有太多心思将这些趣事一点一点读完,而是快速翻看着日记本。很快,他找到日期最为接近的一本日记,认真地读了起来,希望能从中找到一些有用的线索。没想到,这里竟有一个天大的秘密。

2084年6月7日　晴朗

好消息!我和爷爷用新升级的白鹈1号望远镜发现了一颗与地球高度相似的星球。这颗星球的直径比地球大6倍,围绕着一颗类似太阳的恒星运行。公转一周的时间是385天,比地球多出20天。我们将它命名为开普勒452b。

开普勒452b与地球实在是太像了。爷爷认为,上面很有可能存在外星人。

2084年6月10日　多云

我和爷爷每天做的第一件事,就是观察开普勒452b星。我们在上面发现了水,还发现了大量的植物……几乎每天都有新的发现,这可真让人兴奋。

我们竭尽全力提高超级望远镜的性能,因为这样可以发现更多东西。

2084年6月20日　晴朗

哈哈,爷爷猜想的没错,开普勒452b星上果然存在外星人,而

第二章　日记里的秘密

且文明程度还很高。

好了，就写到这里，我没时间写太多，最近要做的事情太多了。

2084年7月1日　晴朗

我们成功了，我们终于看清他们了。这些外星人的形体非常奇特，种类很多，差别很大，真是太奇妙了！

2084年8月2日　多云

糟糕，开普勒452b星上的外星人也注意到了地球，不，更准确地说，是注意到了我们！

外星人会来地球找我们吗？外星人的武器很先进，如果真是这样，我们将十分危险！

日记只写到2084年8月2日。

路林将上述几页日记串联起来，认真思索了一下，又重新打量了一遍小楼，不禁倒吸了口凉气："莫非庄伟大和庄斯坦的失踪，跟开普勒452b星人有关系？"

第三章
开普勒452b星人

正如庄斯坦在日记中写到的,在他和爷爷为发现开普勒452b星而兴奋不已的时候,两个开普勒452b星人也发现了地球。说来有趣的是,把这两个开普勒452b星人的名字音译过来,跟庄伟大和庄斯坦还有些缘分,他们一个叫大伟庄,一个叫坦斯庄,而且他们也是祖孙俩,只不过坦斯庄是大伟庄的孙女,是个"女孩"。

大伟庄和坦斯庄属于开普勒452b星上一个重要的种族——宛兹族。宛兹人的外形非常奇特,脑袋是心形的。心形的两个鼓起部分分别装着一个大脑,也就是说宛兹人有两个大脑。但是宛兹人只有一只眼睛,而且位置不固定,经常在脸上到处转。

宛兹人跟人类一样长着两条手臂两个手掌,但宛兹人的每个手掌上有十根手指,活动自如,非常灵巧;宛兹人的下半身则跟人类差异很大,他们的下半身看上去像个车轮,没错,就是车轮,前进的速度全由自己掌控。

跟庄伟大一样,大伟庄在开普勒452b星上也是位大名鼎鼎的科

第三章　开普勒452b星人

学家,不过,他同时也是个性情残暴的大坏蛋。说起来简直可怕,他嗜食同类,甚至连亲人都不放过,他的两任妻子三个儿子两个孙女都被他吃掉了——虽然这在宛兹国并不违法。

坦斯庄是大伟庄最后一个亲人了,是在"不服从就吃掉"的胁迫下,才硬着头皮给他当助手的,实际上坦斯庄对大伟庄怕得要死,心里一百个不愿意。

因为有两个大脑,大部分宛兹人都很聪明,大伟庄可以说是其中的代表,他发明的望远镜、飞行器及其他设备都非常高明,比地球人发明的同类设备要先进很多。另外,发现地球之前,他已经发现了五百多个存在生命体的星球。

"哦,地球人长得可真丑,"大伟庄一边用望远镜观察着,一边小声嘀咕道,"只有一个大脑,却有两只眼睛,还那么小,怎么长成这样?"

"是啊,爷爷,而且下半身还没进化成轮子。"坦斯庄站在旁边,表示赞同。

"所以他们才发明了那么多交通工具,有一个轮子的,有两个轮子的,有三个轮子的,还有四个轮子的。"大伟庄撇了撇嘴,嘲弄地说。

"他们还真得有交通工具,不然走起路来可真是太费力气了。"坦斯庄说完,满意地看了眼自己的轮子,她的轮子最高时速可达四百千米,跟跑车的速度差不多。

"跟我们比,他们只是些进化不完全的生命体。"大伟庄冷笑着说,"不过,必须得承认一点。"

"哪一点?"

"他们看上去很好吃。"大伟庄说完,嘴里流出两条墨绿色的涎水,滴到了图案夸张的地板上。

"没错,他们看上去很好吃。"坦斯庄眨了眨独眼,赞同地说,心想:"只要爷爷不想吃我,那就万事大吉。"

第四章
外星人发现了庄伟大

发现地球后的第三天，大伟庄正坐在办公室里，津津有味地品尝着蚊子肉馅饼，浏览着会自动翻页的立体杂志。

不要觉得奇怪，在开普勒452b星上，蚊子可是非常稀有的美味食材哦。开普勒452b星上的蚊子异常巨大，成年蚊子的翅膀展开后有将近十米宽，体重跟一头大象差不多。由于售价高昂，不少开普勒452b星上的穷人——主要是塔涂族人——冒死捕捉它们。据相关机构统计，平均每捕捉到三只巨型蚊子，就有一个塔涂族人献出生命。

"爷爷，我发现……"坦斯庄刚跑进办公室，就闻到蚊子肉馅饼诱人的香味，情不自禁地站住，猛吸了两下，"我发现……"

"你发现什么了？"大伟庄不满地瞥了坦斯庄一眼，没好气地喝道，"还不快说！"

"我……我发现有两个地球人正在观察我们雷格尔星（开普勒452b星人自己的叫法）。"坦斯庄咽下一大口口水，结结巴巴地说。

 开普勒452b星惊险之旅

"什么?地球人?观察雷格尔星?"没等坦斯庄说完,大伟庄就扔掉蚊子肉馅饼和杂志,向实验室冲去。坦斯庄捡起剩下的馅饼,扔进嘴里,一口咽下,然后跟了上去。

大伟庄刚在望远镜前坐下,就打了两个响亮的饱嗝。一些蚊子卵从嘴里喷了出来,与空气摩擦生热,化成一只只小蚊子在屋里到处飞着。

"看来我们低估了地球人,他们没有我们想的那么愚蠢。"大伟庄一边用望远镜观察着庄伟大和庄斯坦,一边伸出手,很厌烦地将周围的小蚊子赶走。

"爷爷,那两个地球人不但观察雷格尔星,还一直在改进他们的设备。你说他们到底想干什么?"

"很可能是准备对雷格尔星发动进攻!"

"对雷格尔星发动进攻?"坦斯庄比爷爷还要壮硕一倍,胆子却特别小,大叫一声之后,脑袋竟开始像陀螺一样飞速旋转起来。

"停下来,停下来,你这个死丫头!"大伟庄大叫道,"该害怕的应该是他们,不是我们!"

坦斯庄脑袋旋转的速度慢慢降了下来,只不过停下时,面部和肩膀呈"十"字形。

"真是个胆小鬼!"大伟庄大叫道,"哪里像个宛兹人!哪里像我的孙女!"

"哦,爷爷……那我们……那我们现在该怎么做?"坦斯庄用手把脑袋调整过来,喘着粗气问道。

"先发制人!"

第四章　外星人发现了庄伟大

"先发制人？什么叫先发制人？"

"是的，在地球人进攻我们之前，先主动出击，去收拾他们。"大伟庄说着，站起身来，"我们现在就去地球，把那两个地球人控制住，免得他们把发现雷格尔星的消息传播出去！"

"我也要去吗，爷爷？"坦斯庄胆怯地问道。她的脑袋又要旋转了，她急忙用手抓住脑袋，不让它动。

"没错，你也要去！"大伟庄说罢，风驰电掣般地冲了出去。

当坦斯庄抓着脑袋，在飞船上坐下时，大伟庄已经等得不耐烦了。

"死丫头，下次最好快点！"大伟庄瞪着独眼大声骂道。然后，伸出长着十根手指的手掌按动启动键，飞船"嗖"的一声，升上了天空。

飞船是大伟庄亲自设计的，形状就像一只倒扣的茶杯。飞船外部表面带有神秘的图案，飞行的过程中，图案间会透出昏黄的光。这些光不可小视，小陨石碰到这些光，会化为齑粉，金属子弹遇到这些光，会瞬间消融；当加大亮度，凝聚成光束时，则成为极具攻击力的武器，足以穿透铜墙铁壁。

第五章
揭开宛兹人的黑历史

现在介绍一下,大伟庄和坦斯庄所属的宛兹人。宛兹人利用双大脑优势,早在雷格尔纪年3765年——相当于地球上的公元前51268年——就征服了雷格尔星上的其他种族,建立起了自己的王朝。但这并不能满足他们的野心,很快,他们又将魔爪伸向了宇宙,伸向了其他星球。

宛兹人先后侵略过拥有钻石山峰的巴尔奇星,在空中搭建房屋的阿鲁通星,石头味道像糖果的科罗内星,终年被橙色冰雪覆盖的蓬塔德尔星,到处刮着龙卷风的杰贝尔丹那星,白天和夜晚温差达200摄氏度的安布里克星,像"双胞胎"一样紧靠在一起的塔尔卡瓦星和塔尔塔尔星……

这些星球看似各不相同,但都有一个共性——上面有宛兹族想要得到的东西。比如,在塔尔卡瓦星上有一种相当特别的果实,名叫奇妙果。奇妙果树生长在悬崖峭壁上,每棵果树的占地面积都有足球场大小。它们生有很多藤蔓,有点像巨型的西瓜秧。一个成熟

第五章 揭开宛兹人的黑历史

的奇妙果有三四吨重,果肉一般分为五层:第一层味道像菠萝蜜,第二层味道像椰奶冻,第三层味道像橘子酪,第四层味道像白糖拌牛油果,最后一层味道像芒果布丁。当然,只是说味道相似而已,事实上,奇妙果比这些食物还要独特和美味。

奇妙果是如此巨大,即使十个成年人一起吃,也要几个月的时间才能吃完,而奇妙果并不给人慢慢享用的机会,采摘下来三天后,就开始变质。

奇妙果的果皮结实得像生牛皮,果核像岩石一般坚硬。把果肉掏空,在果皮上钻打出门和窗,再用果核凿几件家具,就变成了一个简易住宅。浑身滑溜溜、嘴巴长得像鲶鱼的塔尔卡瓦星人就住在这里。

塔尔卡瓦星人的整个生活都是围绕奇妙果进行的:以奇妙果为主食,穿奇妙果皮制作的衣服,用奇妙果核做成的船只在河上漂流,捕捉鱼类……然而,大伟庄率领的宛兹部队破坏了这一切,他们不但夺走了奇妙果秧苗,还冷酷无情地逼迫塔尔卡瓦星人去雷格尔星做奴隶。

塔尔塔尔星和塔尔卡瓦星肩并肩围绕着一颗中子星旋转,是一对"双胞胎"星球。从外形上看,并没有太大区别,但是上面的生态系统却完全不同。塔尔卡瓦星气候温暖,植被茂盛,盛产包括奇妙果在内的各种怪异果实;塔尔塔尔星则气候寒冷,植被稀疏,主要生长一种植物——里蒙草。

里蒙草喜欢寒冷的环境,它们的叶片又宽又长,呈淡紫色,到了成熟的季节,会结出一只只色彩斑斓的大鸟来。大鸟的叫声古怪难听,下的鸟蛋却很有价值。上午,鸟蛋可以像鸡蛋一样食用;中

午,蛋液慢慢发生变化,不能再食用;下午,在蛋壳上打一个洞,蛋液流出后会迅速凝固,形成丝绸一样的物质——塔尔塔尔星人叫它里蒙绸。里蒙绸的颜色、质地和图案取决于制作者的技巧,高手制作出的里蒙绸璀璨夺目、华丽无比,是全宇宙最受欢迎的衣料。

不过,不要在晚上轻易打破里蒙鸟蛋,那时倒出来的将是芝麻粒大小的种子。种子会"吱吱"乱叫着,从打破的蛋壳里流出来,一转眼的工夫,就钻到地下去了。十几分钟后,就会长出大片的里蒙草。里蒙草的生命力非常顽强,即使在一万年不下一次雨的沙漠里都可以生长。想象一下吧,某个夜晚,在家里不小心碰坏里蒙鸟蛋,种子乱哄哄地流出来,钻进地毯里,然后长出大片的里蒙草,结出"呱呱"怪叫的大鸟,吵得人无法入睡,那景象是不是很可怕?

塔尔塔尔星人跟里蒙草一样,也是紫色的,尽管没有翅膀,但是依靠特殊的身体结构,可以在天空自由飞翔。跟塔尔卡瓦星人依赖奇妙果一样,塔尔塔尔星人非常依赖里蒙草:用里蒙草盖房子,用里蒙鸟蛋做食物,用里蒙绸做衣服……他们是天生的建筑大师,建造的里蒙草宫殿高大繁复,重重叠叠,令人叹为观止。然而,塔尔塔尔星同样无法逃脱被宛兹人侵略的厄运,宛兹人占领塔尔塔尔星后,使其成为里蒙草种植场,塔尔塔尔星人从此也沦为宛兹人的奴隶。

说到这里,有个小故事很值得一提。一次,大伟庄运送一批里蒙草鸟蛋回雷格尔星,不小心在晚上碰坏了一只,结果无数的里蒙草种子从蛋壳里流了出来,在飞船里落地生根,十几分钟后,大伟庄已经是坐在两米多高的草丛里驾驶飞船了。幸亏在里蒙鸟结出之

第五章 揭开宛兹人的黑历史

前抵达了雷格尔星,不然非得被里蒙鸟的叫声吵死不可。这架飞船后来也没能将反复生长的里蒙草清除干净,只能遗憾地报废了。

总之,宛兹人就是一群恶贯满盈的大坏蛋,他们的历史就是一段黑暗邪恶的侵略史。

第六章
外星飞船突降地球

　　茶杯飞船是按照大伟庄的身材设计的,现在要载两个外星人,空间就显得比较窄小。坦斯庄不得不歪着脑袋,面颊紧抵在飞船顶端,才能坐进去,坐进去之后还不能随意转动身子。可怜的坦斯庄,这一路上有多么不舒服。

　　坦斯庄在忍受长时间的难受坐姿的同时,还不时胆怯地瞥一眼爷爷,担心爷爷把自己带在身边,不过是为了在缺少食物时拿来充饥。一这样想,坦斯庄的脑袋又产生快速旋转的冲动,不过由于被飞船的顶端卡住,并没能实现。

　　"爷爷,快到地球了吗?我好难受啊。"

　　"马上就到了!不许抱怨!"大伟庄没好气地答道。

　　坦斯庄赶紧把嘴闭上了。但是,过了一会儿,又忍不住想要说话了:"爷爷,到了地球之后,我们该怎么做?"

　　"我说过,不要问我愚蠢的问题!"大伟庄突然失去耐心,发起火来。每当这种时候,他的两个大脑就容易出现偏差,因而

第六章　外星飞船突降地球

语言变得凌乱起来，"当然是……找到那两个观察雷格尔星的家伙……收集地球生物，抓回去做分析……不给他们攻击雷格尔星的机会……"

坦斯庄听得一头雾水，但为了保住性命，不被吃掉，急忙点头答应："是的，是的，爷爷，您说的对……我们必须这么做……就是这样……就是这样……"

茶杯飞船穿越大气层时，摩擦产生的热量把舱壁弄得很烫。"轰隆"一声，茶杯飞船降落在了尖峰岭且离庄伟大的小楼不远的地方。随着茶杯飞船的着陆，地面上的落叶纷纷飞起，附近的动物一哄而散。

大伟庄和坦斯庄打开舱门，一前一后地钻了出来：他们身上全都黑乎乎的，还冒着热气，并散发着难闻的怪味。

"再过几分钟，我就要被烤熟了，爷爷。"坦斯庄勉强站稳，看着自己几乎焦糊的轮子说。

大伟庄忍不住上前嗅了嗅，觉得坦斯庄此时的味道还真不错，跟烤蚊子肉的味道很像。

"飞船出了点问题，回去时修理一下就好了！"大伟庄吞了口口水，好不容易才把吃掉孙女的想法压制下去。然后，向远处望了望，大声说："看，两个地球人就住在那个建筑里，离得很近，我们现在就过去！"

"希望我的轮子还能动。"坦斯庄一边嘟哝着，一边跟了上去。

地球的重力只有雷格尔星重力的二分之一，因此大伟庄和坦斯庄行进时，感觉轮子轻飘飘的，要飞起来似的。

 **开普勒452b星惊险之旅**

一开始，他们只能跳动着行进，不过熟能生巧，最后，还是适应了变化，能够自如地控制速度，随心所欲地前进了。

为了避免打草惊蛇，被对手发现，他们像两个间谍似的，不时用灌木丛或是花草丛做着掩护。

"地球很美，不是吗？爷爷。"坦斯庄躲在一大丛虎头兰后面，打量着周围的景致，轻声说。

"死丫头，我们可不是来游山玩水的！"大伟庄躲在一大丛风信子后面，低声吼道。

他们离开花草丛，蹑手蹑脚地绕过几棵山毛榉树，正准备继续前进，没想到眼前突然出现一个陡坡，竟控制不住肉轮，飞快地滚了下去。

"啊！""啊！""砰！""砰！"他们几乎同时撞在了小楼上，坦斯庄的肉轮撞变了形，疼得泪花从独眼里进了出来。大伟庄则把心形的脑袋撞到了胸腔里，半晌伸不出来。

第七章
庄伟大被绑架

几分钟前,穿着特制的乳白色实验服的庄伟大像往常一样,在实验室里紧张地忙碌着,庄斯坦则在卫生间里整理实验器材。

"爷爷,咱能不能不把器材放在卫生间里了,下回把实验器材仓库扩大点,好不好?"他不满地嘟哝道。

"最新发现,开普勒452b星的地表平均温度为32℃,"庄伟大正沉浸在工作之中,根本没听到庄斯坦的话,反而抬起头,神经质地大叫道,"跟地球的地表平均温度非常接近,只是稍稍高一点。"

"那人类在开普勒452b星上生存完全没有问题喽?"庄斯坦大声说。

"是的,没错。"

就在这时,传来"砰!""砰!"两声巨响——大伟庄和坦斯庄滚下斜坡,撞在了墙上。

"爷爷,这是什么声音?"

开普勒452b星惊险之旅

"估计是灰熊搞出来的,它们都是些捣蛋鬼,最近常在附近玩耍。"

坦斯庄耳朵极其灵敏。"糟糕,爷爷,我们被发现了,地球人说我们是灰熊。"她惊叫道。

"灰熊?灰熊是什么?"

"我也不清楚。"

"难道是骂我们胆小鬼?不敢直接进去?"大伟庄拔出万能枪,怒火中烧地说,"我可不接受地球人的羞辱!"

大伟庄带着坦斯庄来到门口,用万能枪一射,门就自动开了,他们大摇大摆地走了进去。发现一楼没人后,又登上楼梯来到二楼——用轮子爬楼梯实在是费劲极了。

"看,爷爷,这不是雷格尔星吗,"坦斯庄指着一个星球模型说,"上面写着'开普勒452b星',这一定是他们给雷格尔星起的名字。"

"这名字难听极了,"大伟庄没好气地说,"我讨厌名字里有数字!"

"爷爷,有人在外面说话!您听到了吗?"庄斯坦放下手中的实验器材,准备出来看看,可是大伟庄这时已经发现了他。

大伟庄举起万能枪,对准卫生间扣动扳机,一道蓝色的光雾射了出来,门"啪"的一声合上了,卫生间瞬间被封锁得严严实实。

"庄斯坦,你说什么?"庄伟大从仪器前抬起身子,大声问道,"我没听清楚。"

"我说您太累了,该休息下了。"大伟庄躲在一盆植物后面,

第七章　庄伟大被绑架

用庄斯坦的声音说。宛兹人有模仿声音的天赋，且足可以假乱真。

"哦，我不累，对我来说，工作就是最好的休息，"庄伟大回答道，"谢谢你，庄斯坦。"

庄斯坦无论怎么用力，都推不开门，而且发现门缝里渗透进许多蓝色的光雾。接着，又听到一个跟自己声音一模一样的人在跟爷爷对话，于是知道出事了。他使劲拍着门，大声呼喊，告诉爷爷，说话的人不是他。然而，由于光雾封锁的缘故，他能听到外面的声音，外面并不能听到他的声音。

"您把发现开普勒452b星的消息公布出去了吗？其他地球人知道这个消息了吗？"大伟庄又用庄斯坦的声音问道。

"还没有，"庄伟大继续埋头工作，并未发现任何异常，"现在时机还不成熟，还没到公布的时候。"

"那什么时候才算时机成熟呢？难道您不想尽快攻打开普勒452b星吗？"

"攻打开普勒452b星？天啊，庄斯坦，你怎么会产生这种想法？"庄伟大惊诧地转过身来，但是，他出乎意料地发现，站在对面的不是自己的宝贝孙子，而是两个手里拿着枪的怪异家伙。

"哼，你才是灰熊。"小心眼的大伟庄仍不忘刚才受到的"羞辱"，冷笑着骂道。只不过这次用的是他自己的声音。

"你们是谁？你们是……你们是外星人？"

"没错，对你来说，我们是外星人。"

庄伟大用眼角的余光扫了眼卫生间，发现卫生间被蓝色的光雾笼罩着，马上明白庄斯坦已经受到了攻击。

 **开普勒452b星惊险之旅**

"你们想干什么？你们把庄斯坦怎么样了？"

"我们是来先发制人的！"坦斯庄见地球人没有想象中那么可怕，于是装出冷酷的样子，抢着答道，"你们发现了我们的星球，我们要在你们干坏事之前，把你们控制住！"

"哦，原来你们是开普勒452b星人。"庄伟大恍然大悟，"天啊，你们误会了，发现你们的星球对我们来说是个惊喜！你们看，开普勒452b星跟地球非常相像，我们就像兄弟一样！我们有什么理由要干坏事呢？"

"不，我们不相信你。"大伟庄不容分说，再次按动扳机，这次射出的不是光雾，而是一个气泡，那气泡逐渐变大，一口将庄伟大"吞"了进去，然后慢慢缩回到了万能枪里。

"好了，我们离开这里。"大伟庄满意地点了点头，将万能枪插回到枪套里，大声说道。

"爷爷，那里面还有个地球人呢，"坦斯庄指着卫生间说道，"他怎么办？"

"不用管他，他会被光雾困死在里面的。"

大伟庄说完，向楼下走去。坦斯庄急忙滚动轮子跟了上去。

第八章
坦斯庄爱上了挖掘机

大伟庄和坦斯庄走出小楼,登上茶杯飞船,围绕着地球飞行了好几圈,在博茨瓦纳抓到一头河马,在荷兰抓到一头长颈鹿,在亚马逊流域抓到一只蓝闪蝶,在尼罗河抓到一只鲸头鹳,在撒哈拉抓到一头单峰骆驼,在西伯利亚抓到一头大黑熊,在太平洋的一个不知名的岛屿抓到一只大海龟……他们像对待庄伟大那样,先用万能枪将这些动物缩小,然后放进一个饼干盒子里。

"地球比我们事先了解到的还要美丽,还要富饶,但是有些地方的生态环境也遭到了破坏。回去分析完这些动物及地球现状之后,就要向陛下提出申请,联络宇宙盟友,向地球发动全面进攻。我们要在地球人将地球糟蹋之前将地球收归己有,哈哈……"大伟庄雄心勃勃地说。

"是的,爷爷,进攻就是最好的防守,如果我们不进攻地球人,地球人就会进攻我们。"坦斯庄认为自己说了句聪明话,禁不住咧开嘴,大笑起来。

 **开普勒452b星惊险之旅**

离开地球前,正巧经过一个建筑工地,坦斯庄向下看时,无意中看到一辆正在工作的"猫"牌挖掘机。挖掘机的外形跟宛兹人很像,驾驶室就像宛兹人的头部,车轮近似宛兹人的轮子。

坦斯庄望着挖掘机的反射着太阳光的玻璃窗,竟意外地犯起了花痴。"他的眼睛又大又亮,看上去多么精神!他的身材多么匀称,多么健美!虽然只有一条胳膊,但是肌肉结实,充满了男子汉气概!"坦斯庄在心里赞叹道。"爷爷,等一下,等一下,茶杯飞船不要着急飞走!"眼看着离挖掘机越来越远,她忍不住喊出声来。

"怎么了?为什么等一下?"

"下面有个大帅哥,让我多看几眼嘛。"内心的羞涩让坦斯庄的脸蛋变得有些发绿,因为宛兹人的血液是绿色的。

"大帅哥?"大伟庄顺着孙女的目光望过去,也看到了那辆挖掘机,"那'家伙'的确很'帅气'。"他心里想。

"爷爷,把他也当作样本带回雷格尔星吧,好吗?"坦斯庄央求道。

"不行,来不及了。"大伟庄一直将自己视作宇宙第一帅哥,因此对挖掘机很是嫉妒。他不但没减速,反而加大了马力,茶杯飞船转眼间就升到了万米高空。工地化作一个芝麻粒大小的黑点,挖掘机则完全看不见了。

"爷爷,您太过分了!"坦斯庄哀怨地怪叫了一声,嘴巴高高地噘了起来,看上去就像一株绿色的多肉植物。

"别生气了,乖孙女,"大伟庄难得地安慰起坦斯庄来,只是

第八章　坦斯庄爱上了挖掘机

语气还像以往一样粗鲁，"你将来是要嫁给莱切王子的，怎么能喜欢别人呢？"

"我不要嫁给莱切王子，他还没我一根手指高呢，我们根本不合适。"坦斯庄"哼"了一声，将独眼闭上，以示抗议。

"莱切王子是国王唯一的儿子，只要嫁给他，不但现在可以做王妃，将来还可以做王后，这是多么大的荣誉啊！"大伟庄说，"再说，莱切王子那么喜欢你，简直对你如痴如醉呢！"

"可是我们相差那么多，怎么在一起生活呢？我要是哪天没看到他，不小心坐到他身上怎么办？我会把他活活压死的！"

"肯定不会，莱切王子身材虽然小，但嗓门却很大，到时一定会提醒你的。"

"哦，别提他的大嗓门了，爷爷，他叫起来一千里之外都能听到！"

坦斯庄虽然不那么聪明，但也明白爷爷要她嫁给莱切王子，不过是为了实现自己的政治野心，稳固在宛兹国的权势罢了。

第九章
在饼干盒子里

饼干盒子就放在飞船操作台的一角,里面装满了大伟庄搜集来的"样本"。"样本"虽然都被缩小许多倍,但因为数量太多,饼干盒子里仍旧是横七竖八,挤成一团。

庄伟大的后脑勺贴在长颈鹿大腿上,后背靠在河马肚子上,前胸抵着鲸头鹳斑驳的大嘴,腰部紧挨着一只湿漉漉的水獭,本来面前有点空间,公麋鹿满是枝杈的大角又伸了过来,至于其他部位挨的是什么动物,连他自己也不清楚了。

周围黑乎乎的,只从盒盖的缝隙透进些许光线来;空气糟糕透了,山羊的腥膻气、麝香鼠古怪的香气、狐狸的臊气和其他动物的气味混合到了一起,让人喘不过气来。

"这是哪儿啊?"河马使劲扭动着肥胖的身躯,想让自己舒服点,却差点将一只小猴子挤扁。

"喂,你轻点,这里可不是只有你自己!"猴子妈妈使劲把"吱吱"惨叫的小猴子拽了出来,不满地抱怨道。

第九章　在饼干盒子里

"我怎么到这个鬼地方来了?"一只狐狸疑惑地嘟哝道,"我刚才还在丛林里追一只兔子。"

狐狸面前是只缩成一团的豪猪,为了不被刺到,只能使劲向后靠,却发现身后是条肌肉结实的老野狗。

"臭小子,最好老实点。"老野狗呲牙咧嘴地恐吓道。

"好……好的……"狐狸哆哆嗦嗦地答道。它宁可忍受豪猪的尖刺,也不敢向后靠了。

动物们自被扔进这个小盒子里就忐忑不安,充满了恐惧。随着时间的推移和前景的不可预知,动物们更是烦躁起来了,盒里的气氛变得越来越紧张了。

"我要回家!我要回家!我不要待在这里!我的水坝还没完工呢!"水獭突然不满地大叫起来。

"我要回家,我要回家!"其他动物也接二连三地叫嚷起来。有的动物为了发泄怒火,竟开始寻找各种借口,互相撕咬。

"请大家安静下来,听我说!"庄伟大觉得这种时候自己应该站出来了,于是朗声说道,"我们现在遇到了困难,应该互相帮助,而不是互相攻击!"

"天啊,我居然听懂了人类的语言,我不是在做梦吧?"老野狗低声嘟哝道。

"因为我戴了宇宙语言翻译机,你看,就是这枚指环,"庄伟大解释道,"只要戴上它,就可以跟全宇宙所有拥有语言的生物进行对话。"

"人类,你们是地球上最有智慧的生物,"长颈鹿弯过长长

 开普勒452b星惊险之旅

的脖颈,轻声说,"告诉我们,到底发生了什么?我们现在究竟在哪里?"

"我们被开普勒452b星人绑架了,现在恐怕已经不在地球了。"庄伟大皱着眉头,叹息着说。

"天啊,太可怕了。"

"被外星人绑架?我们死定了。"

"我以前从来没走出过森林,现在却离开了地球。"

动物们又开始骚动起来。

"外星人不会轻易杀死我们的,他们会先拿我们做科学研究,大家千万不要失去希望!"庄伟大急忙安抚道。

第十章
万安达国王和神奇浴室

返回雷格尔星后，大伟庄做的第一件事，就是进宫向宛兹国王作汇报。

宛兹国的王宫就像只金色的"大海螺"，造型奇特的回廊，由宽到窄，环绕着"大海螺"盘旋而上；密密麻麻的窗子也由大到小，呈螺旋形分布；王宫里面，房间套着房间，客厅连着客厅，走廊交织着走廊，犹如迷宫一般；即使在里面工作了一辈子的仆人，有时也会迷路。

宛兹国王名字叫作万安达，是宛兹国的第325任君主。他已经有四十年没迈出王宫一步了，因为他实在是太胖了。万安达国王最近的一次称重是在八年前，当时是1226公斤。给万安达国王称重是个浩大的工程，需要八个宛兹壮汉帮忙，还要动用机械车作为辅助，连万安达国王自己都觉得麻烦，所以自那以后再没有称过。

万安达国王不仅超级肥胖，而且长相也与众不同，宛兹人的脑袋都是心形的，万安达国王的脑袋却是两个心形连接在一起的，也

 开普勒452b星惊险之旅

就是说,有四个"波峰",三个"波谷"。由于面孔过大,独眼就显得更小了,而且位置不固定,总是"游来游去"的,像只随时准备逃走的小蝌蚪。

万安达国王表面上深居简出,不理朝政,实际上,宛兹族大部分的邪恶行动,他都曾参与策划。要不是他在背后纵容,大伟庄也不敢胆大妄为到如此地步。说他是罪恶的根源也不为过。

万安达国王有两样重要武器,第一样武器是他的大嗓门,他吼叫起来——类似于"狮吼功"——可以用声音将人撕成碎片;第二样武器更加可怕,他体内养着一条会吐火的六耳龙——这也是他体形庞大食量惊人的原因之一——要是发现敌人,他就会张开大嘴,把六耳龙放出来,将其啃食得只剩骨架。

每当万安达国王打哈欠,张大嘴巴时——这是他最常用的恐吓手段,受到接见的人就会看到那条恶龙躺在国王的嗓子眼里,用邪恶的眼神打量着自己。遇到这种情形,再大胆的外星人也会吓得身酥腿软、魂飞魄散。

万安达国王的儿子莱切王子只有可乐罐大小,而且性情极其顽劣。虽然继承了万安达国王的大嗓门,但与之相比要逊色很多,还称不上"狮吼功"。万安达国王知道王国早晚要葬送在莱切王子手里,但又没别的办法,他只有莱切王子一个儿子。因为超重过多,他早已失去了生育能力,后宫的王后和妃子们早就被他吃光了。万安达国王暗下决心,以后要在莱切王子体内养一条小龙,即使只有海马大小的龙也可以,这至少能给他增添一些勇气和力量。

大伟庄走进装饰华丽的大厅时,万安达国王正在宝座上打瞌

· 36 ·

第十章　万安达国王和神奇浴室

睡，可怕的鼾声震得王宫不断摇晃，好像随时可能坍塌似的。六耳龙不知何时被放了出来，在大厅里飞来飞去，见大伟庄走进来，就盘在房梁上，阴险地偷窥着他。

十几分钟后，鼾声渐渐降低，睡意缓缓褪去，万安达国王长叹一声，慢慢睁开了眼睛。

"你回来了，大伟庄？"

"是的，陛下。"

万安达国王张开大嘴，打了个大大的哈欠。六耳龙趁此机会，从房梁上飞下来，钻回到他的嗓子眼里。

"听说你最近发现了一颗跟雷格尔星极其相似的星球，有这回事吗？"

"是的，陛下。那个星球叫作地球，我已经亲自替陛下考察过一次了。"大伟庄恭敬地答道，完全没了平时的嚣张跋扈。

"哦？考察的结果怎么样？"狡猾的小眼睛在万安达国王的脸上转来转去，突然在右上角停住。

"地球是个美丽富饶的星球，物产十分丰富，生物种类繁多。地球人口数量也很庞大，智商虽然不如我们宛兹人，但是……"

"地球人长什么样？有我漂亮吗？"莱切王子突然跳到宝座的扶手上，插嘴道。没人注意到他是什么时候进来的。

"哦，地球人相貌丑陋，哪有王子殿下漂亮！"大伟庄急忙恭维道，心里却想："哼，还有比莱切王子更猥琐的长相吗？"

"哈哈，我就知道宇宙里比我漂亮的不多嘛，不对，不是不多，是根本没有！"莱切王子使劲挺了挺胸膛，得意地说。

 开普勒452b星惊险之旅

"跟你说过多少次了,不要在我面前吹牛!"万安达国王大声斥责道。他大手一挥,莱切王子就尖叫着飞了起来,摔到了百米开外。

"你这次又搜集了不少生物样本,对吧?这是你一向的习惯!"万安达国王不搭理躺在地上不停呻吟的儿子,转过头,对大伟庄说。

"没错,我搜集了许多生物样本,清洁消毒之后,就立即送过来,供陛下赏玩。"

"很好。"万安达国王满意地点了点头。

大伟庄去王宫作汇报的同时,坦斯庄回到了科研大楼。她走进浴室,打开饼干盒子,把庄伟大和动物们全都倒在了地上。接着,坦斯庄掏出万能枪,向庄伟大和动物们射出橙红色的光雾,然后就离开了。两分钟后,庄伟大和动物们恢复了原本的样子。

浴室中间有一个形状不规则的水池,周围栽种着大量开着蓝色花朵的木本植物,蓝色花朵在枝叶间慢慢蠕动着,很像是些虫子。这种花朵名叫提亚花,是雷格尔星的特产,结实的花瓣擅长清除污垢,坚硬的花蕊适合去除角质,是纯天然的"搓澡工具"。在雷格尔星,几乎所有的浴室里都栽种提亚花。

"哦,哪来这么多脏家伙?"

"真是脏死了!"

"又脏又臭。"

"快帮这些地球生物清理一下吧。"

"快点,快点,我已经等不及了。"

第十章　万安达国王和神奇浴室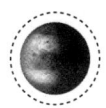

提亚花们一边叫嚷着,一边乱纷纷地涌下来,很快爬满庄伟大和动物们的全身,然后从花心里吐出淡蓝色的纯天然沐浴液,并开始用力转动搓洗庄伟大和动物们,连一个毛孔都不放过。

来自撒哈拉的单峰骆驼从没洗过澡,表现得非常抗拒,而有"洁癖"的提亚花们非要给它洗不可,双方因此爆发了激烈冲突。单峰骆驼用脚踢用牙咬,甚至还吃下去几朵。提亚花们却丝毫不肯妥协,持续进行"攻击",终于利用数量的优势将单峰骆驼彻底清洗了一遍,最后还一起用力,将它举起来,扔到了池子里。

到了池子里,一种睡莲样的植物又爬了上来。这种植物叫蒙卡里莲,花心里满是消毒液,是天然的"消毒专家"。它们沉默寡言,动作轻柔,但同样不允许任何拒绝。

一番折腾之后,清洁、消毒终于完毕,坦斯庄牵着一头红色眼睛绿色獠牙的黑毛怪兽走了进来,将庄伟大和动物们赶出浴室,关进办公室隔壁的一个大金属笼里。

第十一章
暗能量卫生间飞船

大伟庄认为地球人只是容易对付的低等生物，嘲笑地球人的智商没有他们的高，根本没把庄斯坦放在眼里，认为庄斯坦只是个普通的地球小男孩。然而这实在是大错特错。

爷爷被大伟庄和坦斯庄绑架的全过程，庄斯坦在卫生间里听得清清楚楚。爷爷被带走后，庄斯坦非常担心爷爷的安全。爷爷是他在这个世界上唯一的亲人，从小爱心满满地将他抚育至今，虽然平时在训练大脑时对他比较严苛，有时他受不了还会委屈地流泪，但爷爷爱他的那颗心他是完全感受得到的。

在一阵冲动、焦急之后，庄斯坦冷静下来，想着有什么办法能冲出光雾去救爷爷。庄斯坦看着卫生间里杂七杂八的实验器材，情急之下脑洞也是大开，智商迅速跨过一千大关，达到了史无前例的超人水平。他飞快地将各种实验器材的各方面数据做着精细严谨的分析，之后把各种实验器材拆分开来，重新组装。半个小时后，奇迹发生了，卫生间竟被改造成了一艘以暗物质为能量源的宇宙飞船。

第十一章 暗能量卫生间飞船

"轰隆"一声巨响,卫生间飞船"挣脱"开小楼,向天空冲去——路林在二楼发现的那个诡异的毛坯"缺口",就是这样产生的。

卫生间飞船越飞越快,庄斯坦低头望了望不断远去变小的山脉、森林、河流,胸中激情澎湃。他下定决心,无论付出什么样的代价,一定要把爷爷救回地球。

庄斯坦正在专心驾驶,耳边突然传来"喵喵"的叫声,接着,一张猫脸竟从窗外垂了下来。由于风力过猛,那只猫双眼紧闭,毛发齐刷刷向上刮去,看上去又滑稽又可怜。

"那不是黄绿吗?"庄斯坦感到很意外。

虽然是"死对头",但庄斯坦在这种情况下,是不会见死不救的。他立即用新发明的减压器把窗子打开,将黄绿拽了进来。

"黄绿,怎么会是你?"庄斯坦看着站在马桶上不停发抖的小豹猫,冷笑着问道,"我以为你离开尖峰岭了。"

"尖峰岭是我的家,我当然不会离开。"黄绿用颤抖的声音说,"我不过是听到些对我不利的消息,所以暂时躲藏了起来。"

"那你为什么在楼顶?"

"来,来,来找你啊。"

"找我?找我干什么?"

"跟你讲和啊,用你们人类的话说,'冤家宜解不宜结'嘛。"

狡猾的黄绿本来以为风声已过,想溜进小楼偷点东西吃,没想到,刚爬到楼顶,就被卫生间飞船带上了天,眼看着自己落到了庄斯坦的手里,赶紧见风使舵,改变了口风。

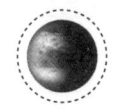 开普勒452b星惊险之旅

"好吧,好吧。"庄斯坦一边操作着飞船按钮,一边小声嘀咕道。他当然不相信黄绿的鬼话。

"庄斯坦,你这是要去哪儿呢?"黄绿挪动了下脚爪,仰起头,疑惑地问道。

"去另外一个星球,一个叫作开普勒452b的星球。"

"把我送回去好吗?"黄绿慌了神,"我不要去什么452b!我要回尖峰岭!"

"很遗憾,现在恐怕送不回去了,因为我还没来得及设计返航程序,不过,救出爷爷后会设计的。"

"啊?"黄绿哀叹道,"怎么会这样?"

"喂,别愁眉苦脸的,你应该高兴才是,你就要成为第一只登陆其他星球的地球猫了,你会被载入史册的!"

"那对我来说没有任何意义,还没有捉到老鼠开心呢。"

"好了,好了,我向你保证,我们一定会回地球的。"庄斯坦安慰道,"开普勒452b星上的老鼠说不定比地球上的还多呢!"

黄绿渐渐接受现实,变得安静下来。不知为何,庄斯坦竟然发现自己很高兴黄绿能待在飞船里,也许是害怕孤单的缘故吧。他们随意地交谈着,一起排解对前途的担心和焦虑,很快就忘记了过去的不愉快。

飞船飞出太阳系,穿越银河系,来到了宇宙深处。一路上,他们大开眼界,看到了许多宇宙奇观:自转一周只需九小时的妊神星,释放"地狱之火"的吉利亚斯星,形态恐怖的黑寡妇星云,互相吞噬的食星星系……不过,宇宙里也有许多危险的陷阱:可怕的

第十一章　暗能量卫生间飞船

迷你黑洞，危险的陨石带，突然发生爆炸的垂死星体，讨厌的宇宙垃圾……庄斯坦不得不随时提醒自己，集中精力驾驶飞船，不要过多分神。

为了尽快到达目的地，庄斯坦用上了所有的暗能量储备，飞船的速度几乎达到了极限。二十小时后，暗能量储备消耗殆尽。之后，飞船只能一边吸收宇宙中的暗能量，一边维持飞行，速度明显地慢下来。幸亏此时已经接近浅蓝色的开普勒452b星。

开普勒452b星惊险之旅

第十二章
沼泽地里的飘浮植物

开普勒452b星与地球的相似指数高达0.98,围绕着一颗与太阳相似的恒星旋转。这颗恒星比太阳要老上十五亿年,已经进入衰退期,因而释放的能量逐渐增强,致使开普勒452b星的地表温度逐年升高,地表的液态水一点点被蒸干。

卫生间飞船穿过厚实的大气层,慢慢降落在开普勒452b星的地面上。庄斯坦一打开"舱门",就被眼前瑰丽的美景震撼住了。这是一个清晨,开普勒452b星所围绕的恒星——看上去比太阳要大上一百倍——正从东方慢慢升起,天空中红霞飞舞,溢彩流光。

熹微的晨光中,几颗大星非常醒目。一颗大星是灰色的,上面满是丘陵和盆地,很像地球的天然卫星月球。它看上去是如此接近,仿佛可以直接跳上去。其他几颗大星离得相对稍远些,但也可以看到上面的景致,其中一颗布满了植被,看上去颜色非常丰富,另一颗则满是高耸的山峰,像是长满了"尖刺"。

跟灿烂夺目的天空相比,地面则要单调很多。放眼望去,周围

第十二章　沼泽地里的飘浮植物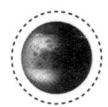

是一片无边无际的沼泽地。一些巨型植物静静地飘浮在地面上,每一棵都有楼房大小。庄斯坦检查了下地质状况,分析认为:二十亿年前,这里曾是渺无边际的海洋,而植物生长在海洋深处;后来海水一点一点蒸发掉了,海洋生物陆续灭亡,变成了化石,只有这些植物进化成现在的样子,顽强地生存了下来。

"好了,"庄斯坦大声说,"这里就是开普勒452b星,我们将要征服的地方。"

"我觉得还是抓紧回去比较好。"黄绿咕哝道,"这里真的很吓人,跟地球完全不一样。"

"不救出爷爷,绝不回地球,"庄斯坦语气坚定地说,"没什么好怕的!"

"可是,你的爷爷——大庄庄或许早被外星人杀死了。"

"不会的!"

"那可不一定,外星人什么事都做得出来。"

"你要是再敢胡说,我就把你扔进水坑里!"庄斯坦的脸涨得通红,他真的生气了。

黄绿向水坑里看了眼,发现有许多类似人脸的怪物在里面游来游去,不禁吓了一跳:"好的,好的,我再不胡说了,再不胡说了……"

经过二十个小时的宇宙航行,庄斯坦和黄绿早就饿坏了,所以寻找食物成为重中之重。可是周围除了巨大的飘浮植物、水洼中的怪物、到处弥漫的雾气和无边无际的沼泽地外,几乎什么都没有。

庄斯坦撕下一点飘浮植物尝了下,马上就吐了出来,那味道实在太像爷爷放在衣柜里的樟脑丸的味道了。不久,他们发现飘浮植物并非"无根之木",而是有根须的。根须的样子很像八爪鱼,平时在沼泽深处寻找养分,等到吸饱养分后,就爬出来,用长长的触角输送给飘浮植物。

如果根须卖力"工作",营养供应充足的话,飘浮植物会长出长长的花茎,结出深灰色的巨大花朵。如果根须死掉,飘浮植物由于缺少营养供给,也会跟着死掉。死掉的飘浮植物看上去跟活着时并无太大差异,但只要用手指轻轻一碰,就会化为一团尘埃,飘散开来。

黄绿实在是饿坏了,一个根须钻出地面时,竟猛扑过去,将其死死咬住。根须痛苦地"吱吱"叫着,八个脚爪使劲挣扎。飘浮植物也在上面帮忙,挥动铁锤一般的花蕾,朝黄绿使劲猛砸。

黄绿非常勇猛,直到硬生生撕扯下一块,才肯放开。受了伤的根须惨叫着钻回地下去了。飘浮植物一心想替根须报仇,继续用花蕾追打黄绿,直到黄绿叼着"战利品"跑到花蕾够不着的地方才肯罢休。

"黄绿,味道怎么样?"庄斯坦跑过去,好奇地问。"还不错。"黄绿伸出粉红色的舌头舔了舔嘴巴,"你尝尝就知道了。"庄斯坦也学着黄绿的样子,抓住一个根须,而且也经历了一场"恶战"。根须所属的飘浮植物非常激愤,先是用巨大的花朵猛砸庄斯坦的头,又用花瓣把他夹起来用力摔在地上。但庄斯坦抓住不断挣扎的根须死也不肯放手,终于找到机会,逃到了远处。

庄斯坦发现根须的味道很像生鱼,怪不得黄绿喜欢,但他只吃了几口,就将"吱吱"惨叫的根须放走了。庄斯坦并不想杀死根须,因为它还要养活飘浮植物,要是它死掉的话,所属的飘浮植物也会跟着死掉。

第十三章
变成粉红色的湿地人

庄斯坦和黄绿战胜了饥饿,驾驶卫生间飞船继续前行。由于能量不太充足,卫生间飞船只能缓慢飞行,过了很长时间,仍然没能飞出沼泽地。

"不会整个开普勒452b星都是这个样子吧?"庄斯坦有些着急了,"不,不会的,沼泽地不可能无边无际,一定能飞出去的!"他在心里鼓励自己。

坚持带来了回报,周围的景致开始慢慢发生变化,山峦多了起来,雾气有所减弱,飘浮植物越来越稀疏,卫生间飞船终于飞出了沼泽地。

庄斯坦和黄绿欣赏着周围独特的地质形态——与地球是如此不同,他们对前方既充满向往,又带有些许恐惧。又飞行了一段时间之后,他们透过雾气,看到一大簇暗红色"水草"在半空中轻轻摇曳。

"怎么会有这么巨大的水草?"庄斯坦和黄绿感到非常诧

 开普勒452b星惊险之旅

异,"而且长在天上!"

等到再靠近些,发现那并不是真的水草,而是一些纤细高楼。高楼建立在悬崖边沿,悬崖被雾气遮挡住了,高楼本身又不停摇曳,所以看起来才会像长在半空的水草。

飞船来到悬崖边沿,沿着斜坡向上飞行。斜坡上有许多暗红色的石块和沙粒。由于处于与沼泽的交接地带,很多地方的土质仍十分松软湿润,甚至有水洼存在。

周围静得可怕,只能听到轻轻的风声,薄纱似的雾气飘来飘去,让气氛变得非常诡异。庄斯坦一想到就要进入外星人的城市,不免有些紧张,黄绿更是躲在角落里,哆嗦个不停。

"我们真的要过去吗,庄斯坦?"

"当然要过去。"

"外星人可能很危险,知道吗?"

"我知道。"

"那还要过去?"

没等庄斯坦回答,一阵尖锐的警报声突然响起,吓了他们一跳。

"这是什么声音?"黄绿神经质地大叫道。

"飞船出故障了。"庄斯坦沮丧地摇了摇头,"真不是时候。"

庄斯坦只好将飞船停在半山腰,跳下来要修理。

"不要着急,慢慢修好了。"黄绿走到庄斯坦身后,舔着爪子,咕哝道,"越晚见到外星人越好。"

"闭嘴,黄绿。"

没想到,正当庄斯坦满头大汗修理飞船的时候,身后的洼地

第十三章 变成粉红色的湿地人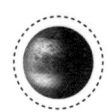

里，无声无息地钻出两个外星人。

这两个外星人眼睛很大，就像两个硕大的玻璃球，鼻子很长，像是戴着防毒面具。上半身呈粉红色，下半身接近半透明。身上长有许多褶皱，抖动褶皱产生的力量可让外星人在空中飞行或停留。

黄绿先看到两个外星人，立即毛发倒竖、惊恐地大叫起来。

"怎么了，黄绿？"庄斯坦刚转过头来，这两个外星人已经用长鼻子抓住他们，升到了高空。

庄斯坦和黄绿一开始还努力挣扎，拼命叫喊。然而，随着越升越高，因为害怕外星人松开鼻子，把他们扔下去，反倒全身紧绷，不敢反抗了。

这两个外星人带他们去的，其实正是他们要去的地方——建在悬崖上的楼群。飞到楼群中间，一切尽收眼底。楼房式样全都一样，又细又长，只是高度不同，有的上千米，有的数百米，但都以相同的节奏摇摆着。

许多外星人在楼群中间飞来飞去，有的停在半空中，好奇地看着他们飞过。几个本来在空中玩耍的外星小孩，看到他们后，笑嘻嘻地跟在了后面。

他们来到一座高楼的顶层，这里已是千米高空，万丈霞光映照在墙上，空气凉丝丝的，带着些许硫磺的味道。所有房间都是内外相通的，既没有门扇，也没有窗扇。云朵悠然自得地在房间内外游走，模样古怪的黑色鸟儿在阳台上驻足，不时发出几声悠长的鸣叫。

外星人守卫将他们放了进去，却将外星小孩们拦在了外面。几

 开普勒452b星惊险之旅

个外星小孩很失望,从窗口向里面望了望,互相低语了几句,飞到别处玩去了。

庄斯坦和黄绿被带到一个宽广的大厅里。大厅的墙壁上挂着许多外星人的画像。国王和王后神态威严,穿着华丽,并肩站在一座装饰着各色宝石的圆形台子上。

"国王陛下,王后殿下,我们在山下捉到两个神秘的生物。"两个外星人齐声汇报道,声音听上去瓮声瓮气的。

国王和王后瞪大眼睛,仔细打量着庄斯坦和黄绿。他们看上去非常吃惊,一时竟说不出话来。

"你们好,我叫庄斯坦,我来自地球,我是来找爷爷的,这是我的猫,黄绿。"庄斯坦勇敢地介绍道。

"天啊,居然是来自其他星球的,"国王和王后对视了一眼,惊呼道,"而且会说我们的语言。"

"因为戴着宇宙语言翻译机。"庄斯坦解释道,"可以跟全宇宙所有拥有语言的生物进行交流。"

"好吧,你刚才说你是来找,来找你的爷爷的?"国王问道。

"是的。"

庄斯坦将爷爷被开普勒452b星人绑架,自己将卫生间改造成飞船,穿过宇宙,来到开普勒452b星的经历,全都讲述了一遍。

听完庄斯坦的讲述之后,国王和王后一起仰了仰鼻子,表示震惊,然后又一起将鼻子摆向右侧,表示同情。

"如果爷爷是你们绑架的,请把他还给我,爷爷是位科学家,是个善良的人,不会对你们的星球造成任何威胁。"

第十三章　变成粉红色的湿地人

国王告诉庄斯坦，这里是湿地国，他们是湿地人。绑架庄斯坦爷爷的不可能是他们，因为他们甚至连宇宙飞船都造不了。

"一定是宛兹人干的，只有他们能干出这样的坏事。"国王说。

"宛兹人？"

"宛兹人是雷格尔星最凶暴的一个民族，"王后解释道，"雷格尔星上大部分的国家都遭受过他们的攻击。他们还经常去其他星球烧杀抢掠。"

"湿地人也是宛兹人侵略的对象。"国王说，"湿地国本来建在资源丰富的埃姆登湖畔，后来宛兹人攻占了我们的国家，将我们驱逐到了红土沼泽。"

"红土沼泽资源非常匮乏，在埃姆登湖畔时，我们的身体完全是透明的，到了这里，由于环境和饮食的影响，才渐渐变为粉红色。"王后愤恨地说。

"宛兹人不仅武器精良，而且还凶恶无比。我们以倾国之力，都对付不了他们，而你只有一个人和一只猫，想要从他们手里救出爷爷，谈何容易？"国王怀疑地摇了摇头。

"是啊，趁现在还没遇到危险，还是带着你的猫赶紧回地球去吧，免得把自己的性命搭上。"王后劝说道，"做不到的事千万别勉强。"

"不，无论遇到什么样的困难，我一定要把爷爷救出来。"庄斯坦语气坚定地说，"请你们告诉我，宛兹人在哪里？怎么才能找到他们？"

国王和王后本以为庄斯坦听了他们的话，会胆怯退缩，没想到

开普勒452b星惊险之旅

庄斯坦小小年纪，竟有如此惊人的勇气，不由得心中暗暗钦佩。

"你真要去找宛兹人？"国王问道。

"是的，我要去找他们。"

"好吧，我告诉你，宛兹人生活在北方的孔斯蒂图大沙漠里，因为他们喜欢沙漠干燥的气候。"国王叹息着说，"不过，孔斯蒂图大沙漠面积很大，宛兹人行踪又诡秘，他们具体在哪里，只能靠你自己去找了。"

庄斯坦点头表示感谢之后，一个疑问突然浮上心头："可是，既然宛兹人喜欢住在沙漠里，为什么还要把你们湿地国人从埃姆登湖畔赶走呢？"

"原因很简单，宛兹人性情过于好斗，经常同类相残，只有在一致对外时，才能团结起来，所以他们总是连年征战，"国王答道，"而且他们非常贪婪，至于其他民族遭受多少磨难和痛苦，他们是不会在乎的。"

湿地国王和王后将他们了解到的所有关于宛兹人的事情都告诉了庄斯坦。庄斯坦感到很幸运，刚到开普勒452b星，就遇到了他们。两天后，庄斯坦修好了卫生间飞船，告别了善良的湿地国王和王后，再次踏上了征程。

第十四章
误入黑暗地带

庄斯坦按照湿地国王和王后的指引,开始飞快地向北方行进,希望能尽快抵达孔斯蒂图大沙漠。

随着离湿地国越来越远,红色的土地逐渐褪去,灰色的岩石增多了起来,周围的景致不断发生着变化,天气变得越来越寒冷。

在开普勒452b星上,一天是三十个小时,夜晚有十个小时左右。可是,有一天,黑夜降临后,竟再没有离去。原来,庄斯坦太过着急,不小心开过了头,来到了开普勒452b星的北极,而开普勒452b星的北极和地球的北极一样,具有极夜现象。

庄斯坦为自己的莽撞付出了惨重代价。当他弄清状况时,已经接近极地深处。为了少走弯路,尽快从黑暗中突围出去,从那以后,庄斯坦让飞船始终向一个方向飞行。

无边无际的黑暗里,灯光照射的面积非常有限,而且温度一直很低,庄斯坦不得不和黄绿依偎在一起,相互取暖。直到庄斯坦将马桶改造成以暗物质为能量的暖气,状况才好了一点。然而,不久

更糟糕的事情发生了，飞船不小心飞进了一座半冰封的大森林里。

这是一座非常古老的大森林，大部分树木直径超过十米，高度超过千米，树冠的面积都很大，彼此枝叶覆盖，在空中连成一片，给森林加上一个"穹顶"，使其成为寒气逼人的半封闭空间。

除了高大粗壮的树木外，森林里还生有许多姿态各异的植物，而且大量奇怪的动物就隐藏在植物中间。这些动物长相凶猛骇人，在飞船射出的灯光中若隐若现，不时发出令人毛骨悚然的吼声，仿佛随时可能扑过来。为了躲避它们，飞船只好在森林的中高层飞行，但不久这个高度的动物也多了起来。原来，常年积存在枝叶上的半冻土壤里长出了新的植物，这些植物彼此纠缠在一起，形成了另一个生态圈。这个生态圈里的动物大多长着伶牙利爪，既能飞行，又能攀爬，比地面上的动物还要危险。

一只巨大的恶鸟率先发难，突然从枝叶间冲出来，向飞船的窗子猛啄。而且它的眼一直盯着黄绿，像是想要吃掉黄绿。黄绿躲在飞船的角落里"喵呜、喵呜"地叫着。庄斯坦情急之下，将飞船提速，这才甩开了那只恶鸟。

接下来，他们又遇到了头部长满尖刺的巨蟒、长有两支可怕虾枪的黑色树虾、长着五只眼睛的超级蜣螂……卫生间飞船在黑暗里左躲右闪，横冲直闯，尽量不给它们进攻的机会。五六天后，树木逐渐变得稀疏起来，凶猛的动物也明显减少了，卫生间飞船终于飞出黑暗森林，来到广阔平坦的草原上。

跟森林里比，草原上要安全多了。这里主要生活着一种体形巨大的怪兽。这些怪兽外形跟大食蚁兽相近，只是没有那么长的毛发；成

第十四章　误入黑暗地带

年的怪兽身高将近七米，幼崽也有两米高。它们看起来很强壮、很危险，实际上却很胆小，一有什么风吹草动，马上就笨拙地跑开。

"庄斯坦，我来驾驶，你去休息一下吧。"黄绿摇着尾巴，"喵呜、喵呜"地叫着，体贴地说，"你已经很久没好好睡觉了。"

"你行吗，黄绿？"庄斯坦打着哈欠问道。

"当然行，我早就学会了。"

驾驶卫生间飞船的确比较简单，操作台上只有几个按键，而且此时已升上高空，环境也不像森林里那么复杂。于是庄斯坦真的将操作台交给了黄绿，自己则躺在地板上，慢慢进入了梦乡。

"快醒醒！庄斯坦，快醒醒！"也不知过了多久，庄斯坦突然被黄绿叫醒了。

"怎么了？"庄斯坦坐起来，睡眼惺忪地问，"为什么叫醒我？我正梦到跟爷爷一起吃地皮菜馅的饺子呢。"

"快看下面，快看，那是什么？"黄绿大叫道。

庄斯坦慢吞吞地爬到窗口，向下面望去，只见无边无际的黑暗中，竟然出现一大片璀璨的星海。

"星海怎么会在飞船下面？"他简直不敢相信自己的眼睛。

庄斯坦已睡意全无，立即把黄绿挤到一边，自己站在操作台前，将卫生间飞船向星海处降落。此时庄斯坦的心里既兴奋、惊奇，又紧张，还有点害怕，因为他不知道降下去的结果会怎样。

其实，"星海"中闪闪发光的根本不是星星，而是一大群会发光的飞虫。天空中乌云密布，遮挡住了真正的星星，所以才会被这些飞虫误导，产生空间倒置、星海在下面的错觉。

# 开普勒452b星惊险之旅

飞虫的大小跟乒乓球相近，皮肤呈浅黄色，带着婴儿似的褶皱；头顶生着长长的绒毛，长着三只眼睛，瞳仁呈金黄色；扑打着闪闪发光的翅膀，在飞船周围飞来飞去，仿佛是一群可爱的小精灵。

有几只胆子比较大的飞虫竟穿过破损的玻璃窗，飞了进来。庄斯坦趁它们缺少防备，飞快地抓住一只。

"啊，放开我……"飞虫拼命挣扎着，三只眼睛大睁，头上的绒毛颤个不停，"救命啊……快来救我……快来救我啊……"

呼救没起到任何作用，其他飞虫发现危险后，全都离开飞船，逃之夭夭了，甚至没回头望上一眼。

"你们丢下我不管了吗？你们这群无情无义的家伙……"飞虫哭着骂道，突然转过头，对庄斯坦说，"放开我好吗？我帮你去抓它们……"

庄斯坦觉得这个"小俘虏"很滑稽，于是将手指做成的"牢笼"稍稍松开，笑着问道："先告诉我，你叫什么？"

"放开我，我就告诉你。"飞虫挣扎着说。

"哼，放开你，你就飞走了。"

"不会的，我保证。"

"还不快说！"庄斯坦的手握紧些了，"小俘虏"受到了压力，立即夸张地尖叫起来："三十万整，我叫三十万整……"

"三十万整？"庄斯坦和黄绿差点笑出声来，"这也叫名字吗？"

飞虫急忙解释说，它们种族有个统一的名字——晶晶虫。由于成员数量太多，给每只晶晶虫都起上名字实在太麻烦，所

第十四章　误入黑暗地带

以就用出生的顺序号做名字,它正好是第三十万只,所以就叫"三十万整"。

庄斯坦觉得这个办法算不上高明,甚至有些可笑。黄绿则发现晶晶虫本身并不能发光,发光的是它们身上粘的花粉,有些晶晶虫比较亮,是因为粘的花粉多,有些晶晶虫比较暗淡,是因为粘的花粉少。

"三十万整,你身上的花粉是从哪儿来的?"庄斯坦好奇地问道。

"问这个干嘛?"

"你只要回答就好了。"

"不,除非你放了我。"

"快说!"庄斯坦的手慢慢握紧,把三十万整挤压得喘不过气来。

"啊,快停下!我的身体很柔软很脆弱,不要再用力了!我会被挤爆的!我……我告诉你,我告诉你还不行吗……"三十万整一边大声咳嗽着,一边挣扎着说,同时将一些花粉抖落到庄斯坦的手上,庄斯坦手上立即星星点点地发起光来。

"我身上的花粉……来自银花。"三十万整勉强止住咳嗽,吃力地说。

"什么是银花?"

"就是……就是银树上结出的花喽!"

"它们在哪?"

"这……"

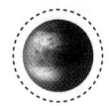 **开普勒452b星惊险之旅**

"快说!"

"在那边的山崖下面……"

接下来,庄斯坦与三十万整做了笔交易:三十万整指引庄斯坦驾驶卫生间飞船去找银树;找到之后,庄斯坦就把三十万整放了。其实,就算做不成这笔交易,庄斯坦也会放了三十万整。卫生间飞船飞行了半天工夫,来到一座森林跟前。尽管对上次的森林之旅仍心有余悸,但庄斯坦还是决定进去一探究竟。

第十五章
光之谷

开普勒452b星上的森林都十分凶险,永夜之地的森林尤其如此。进入其中,暗处不时会传来动物或植物警告似的"低吟"。

在这座森林里,庄斯坦第一次了解到开普勒452b星上最特殊的生物特性——动植物混杂性。什么是动植物混杂性呢?在开普勒452b星上,一些动物是从植物中生长出来的。长到足够成熟时,这些动物会脱离植物,自己出去闯荡。到了合适的时机,会产下种子,种子落入土壤,生根发芽,长出植物,结出动物幼崽,从而开始新的轮回。部分动物并不会产下种子,它们的尸体会扮演起"种子"的角色,尸体腐化并融入土壤后,土壤里将长出一棵跟动物的"母亲"一样的植物,然后继续繁衍后代。

到底是植物先生的动物,还是动物先长出植物呢?这就像地球人讲的是先有鸡后有蛋还是先有蛋后有鸡一样难以断定。大部分动物死后腐化长出植物,都是由于它们的幼崽容易成为攻击目标,存活率过低,所以才会进化为生产种子。这些种子长出的植物往往

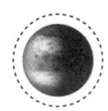 开普勒452b星惊险之旅

很不讨人喜欢，不是叶片长满尖刺，就是浑身散发恶臭，无非是为了保护孕育其中的动物幼崽而已。植物先产生动物的原因则更难解释，最受认可的一种说法是，便于扩大势力范围和进行自我保护。

由于这种动植物的混杂性，在开普勒452b星的很多森林里，动物和植物之间保持着特殊关系。有些动物天生粗暴好斗，当它们准备介入一场无谓的争斗时，经常会被植物母亲拉回去。但是，当它们为了生存而战时，植物母亲不但不会拦阻，还会伸出援手，帮忙攻击。谁要是在开普勒452b星砍伐树木，可要多加小心，树木的野兽儿子定会突然冲出来，将其撕成碎片。

卫生间飞船渐渐来到森林深处，高大的树木不断向两边避开，前方出现一个乌黑的山崖。山崖后面光芒万丈，仿佛隐藏着许多光灿灿的宝贝。

越过山崖，下面是一片波光粼粼的大海……不，那只是看花了眼，下面不是真的大海，而是一大片会发光的树……这些树跟其他树木一样高大，只是生长在深谷里，被森林的"穹窿"遮盖住了，在天空中看不到而已。

它们枝杈不是很多，不长叶子，只长花朵；花骨朵直径有三四米，完全绽放的花朵直径可达几十米；花瓣层层叠叠，有些像牡丹，仿佛是用最纯的白银制成的，散发着奇异的幽香。

"你们不会破坏这里，对吧？"三十万整眨着无辜的大眼睛，胆怯地问，"这里是我们的家园，我们祖祖辈辈都生活在这里。"

"不会的。"庄斯坦和黄绿喃喃地回答。由于被眼前的奇景吸

第十五章 光之谷

引,早已魂飞天外了。

三十万整抓住机会,使劲掰开庄斯坦的手指,从"牢笼"里钻了出去,飞到同伴们中间去了。又过了半晌,庄斯坦和黄绿才缓过神来,他们来到一棵银树前,仔细观察,发现整棵树都是银制的,树干部分颜色稍稍暗些,花朵部分则更白更亮些。最令人惊奇的是,几乎每朵银花上都有一个小银人。身高一米左右,身体纤细灵巧,长着荆棘一样的软刺,头发长长的,有的扎成发髻,有的扎成小辫,有的直接垂在腰际。

"看啊,银树林来了陌生人。"小银人们轻声嚷嚷着,纷纷从银树上爬下,围拢过来。

"你们好,我叫庄斯坦,我来自地球,这是我的猫——黄绿。"庄斯坦向小银人们问好,并礼貌地做了自我介绍。

"那是什么?"一个银人小孩指着卫生间飞船,好奇地问道。他用草绳牵着只晶晶虫,像是带着自己的宠物。

"那个是……"卫生间飞船看上去破旧不堪,庄斯坦感觉有些不好意思,"那是我的飞船。"

"飞船……飞船……"小银人们面面相觑,"雷格尔星只有宛兹人有飞船。"

"你就是坐着它来到雷格尔星的?"另一个银人小孩踮起脚来,向卫生间飞船里面看了看。

"长老来了,长老来了……"没等庄斯坦回答,小银人们突然叫嚷起来,并恭敬地让开一条路。一个手拄拐杖的小银人穿过人群,款步走了过来。

开普勒452b星惊险之旅

手拄拐杖的小银人步履沉稳，神态庄严，脸上和身上有许多划痕，看上去饱经风霜。他就是小银人们口中的长老，银树林里最受尊敬的长者。

一个小银人慢慢凑了过去，一边用眼角看着庄斯坦和黄绿，一边在银人长老耳边轻声说了些什么。银人长老听完，点了点头，轻轻咳嗽了一声，不卑不亢地说道："欢迎来到光之谷，地球来的朋友。"

银人长老邀请庄斯坦和黄绿到家中做客，庄斯坦和黄绿欣然接受了邀请。

银人长老的家就是银树林中最大的一朵银花，直径达到三十米。银花被花瓣分隔成多个"房间"，花心部分相当于客厅。"客厅"中央有个小小"池塘"，花蜜在"池塘"里轻轻荡漾着，犹如晶莹剔透的水银；"池塘"里长着许多金黄色的花蕊，细细长长的，顶端形状很像勺子，好像是专为取蜜准备的；"池塘"边放着许多半透明的罐子，里面装满了新鲜的花蜜。

长老夫人跟长老年纪相仿，沉默寡言，不太爱说话，但是脸上总挂着和蔼可亲的微笑。庄斯坦和黄绿在花瓣上坐好后，长老夫人走到"池塘"边。轻轻拔下一只花蕊，伸进"池塘"，舀出一大勺花蜜，递到庄斯坦和黄绿面前。

"请品尝一下吧，地球来的朋友。"长老夫人微笑着说，"我们的银花蜜既美味又有营养。"

"是啊，你们一定会喜欢的。"银人长老伸出两只银光闪闪的小手，催促他们吃下去。

第十五章 光之谷

银花蜜在勺子上,像果冻一样微微颤动着,散发出诱人的香味。庄斯坦和黄绿先是表达了感谢,然后各取一些银花蜜放进嘴里。甜美的滋味瞬间在口腔里扩散开来,并慢慢向喉咙滑去,那种美妙的感觉简直无法用语言形容。我们知道,猫科动物是不能分辨出甜味的,但银花蜜是如此特别,竟让黄绿尝到了甜味,黄绿为此兴奋得"喵呜、喵呜……"叫了好久。

长老夫妇见他们喜欢银花蜜,都感到非常喜悦。交谈中,庄斯坦告诉长老夫妇,自己是来开普勒452b星救爷爷的。可是,长老夫妇竟不能理解"爷爷"是什么。经过庄斯坦一番解释之后,他们才弄明白。

"哦,你说的这种祖孙关系,据说雷格尔星上也是存在的,"银人长老说,"但是不包括我们银人,因为我们银人都是植生的,所以不存在这种祖孙关系。"

按照长老的说法,所有小银人都是银花孕育出来的。银花没绽放前,他们浸在甜蜜的营养液里,处于脆弱的婴儿时期;银花绽放后,他们已经成长为活泼可爱能跑能跳的孩童,可以离开银花自由活动;他们在银花里诞生,在银花里长大,依靠银花蜜生活,一辈子与银花相依相伴;彼此不存在血缘关系,可以相爱结婚,却不能生儿育女,因为没有那个功能。

"我就出生在这朵银花里,我的夫人出生在那朵银花里。"银人长老指着附近的一朵银花说。那朵银花相对要小一些,颜色暗淡,缺少光泽,还起了许多褶皱,看上去状况不太好。

"银花最多可以开500年,而银人的寿命跟诞生他的银花一

致,银花坠落,银人也会一起死去。"长老叹息着说,"那朵银花生了很重的病,已经坚持不了多久了。"

此时,长老夫人正在一个"卧室"里,忙着用干草为庄斯坦和黄绿搭建"床铺"。庄斯坦和黄绿望着长老夫人消瘦衰弱的脊背,感到十分难过。

银人长老认同湿地国王和王后的说法——在雷格尔星上,只有宛兹人有能力到其他星球绑架、掠夺。还告诉庄斯坦,宛兹人早就将魔爪伸向了这里,多年来,一直定期派机器怪过来搜刮银花蜜。

"你们看,那些都是为他们准备的,三分之二的银花蜜都要被他们派来的机器怪夺走!"银人长老指着"池塘"边那些半透明的罐子,气愤地说。

"开始时,他们甚至想把我们银人全部杀死,后来发现银人一旦死去,银花就不再分泌花蜜,这才放弃!"长老夫人搭好了床铺,走了过来,幽怨地说。

庄斯坦听完银人长老和长老夫人的讲述后,越发憎恶宛兹人的所作所为。不过,与此同时,一条妙计也悄然而生——既然宛兹人定期派机器怪过来,那么,等到机器怪离开时,悄悄跟在后面,不就能顺藤摸瓜找到宛兹人的大本营了吗?

第十六章
光树和光果

庄斯坦获得了长老和长老夫人的支持,暂时在光之谷里住了下来,等待机器怪们的到来,以便实施自己的计划。

在这期间,他们在银人长老的引领下,参观了银树林和光树林。我们之前已经介绍过银树林了。走到银树林的尽头就是光树林。两片树林在相邻处是交错生长的。

光树跟银树一样高大,但又有些不同:银树线条简洁明快,枝杈很少;光树则从根部就开始分叉,像珊瑚一样茂盛地向上生长。银树只长花朵,不生叶片,也不结果实;光树的叶片则像一片片闪亮的水晶,非常繁密,并且不开花,只结果。

光树的果实叫光果,形状很像柿子,但要大上五六倍。跟椰子一样,没有多少果肉,里面装着绿色的光汁。表皮是透明的,里面有多少光汁,在外面可以看得清清楚楚。

光汁的容量没到五分之三时,光果没有成熟,味道是苦涩的,不能饮用;容量在五分之三和五分之四之间时,味道甜美,适

宜饮用；容量超过五分之四时，光汁会像蛋液一样凝固，形成光鸟的胚胎，无法饮用。胚胎成长为雏鸟后，会啄破光果的表皮飞出去，所以说，光树也具有动植物混杂性。

银人长老从树上摘下两枚光果，将果蒂扭开，分别递给庄斯坦和黄绿。他微笑着说："这两个成熟得刚刚好，你们尝尝吧。"

庄斯坦和黄绿接过光果，尝了一口光汁。跟浓香的银花蜜相比，光汁的味道要清新许多，令人心旷神怡。

喝着光汁，漫步在光树林里，真如同身在仙境一般：一阵微风吹着，光树轻轻地挥动着"手臂"；浑身雪白、长着美丽尾羽的光鸟，站在枝丫上，唱着婉转动人的曲子；黄绿"喵呜、喵呜……"地叫着，在光树中间跑来跑去，开心地撒着欢……

一棵光树上，一枚光果发出"噼啪"的脆响，裂开一个口子，周围的裂纹不断增多，口子逐渐扩大，一只幼鸟扭动着身体，从里面钻了出来。黄绿抑制不住猫的天性，猛扑了过去。没想到，那只幼鸟虽然稚嫩，动作却相当敏捷，竟灵巧地躲开攻击，向天空飞去。黄绿感到很没面子，又去追逐其他光鸟，结果全部铩羽而归。看到黄绿狼狈滑稽的样子，庄斯坦和银人长老笑得前仰后合。

光鸟虽然都逃掉了，但在惊慌中，掉落了许多羽毛。长老突发奇想，用结实的青草将这些羽毛串连起来，做了一顶"羽毛帽子"。

"这顶帽子是会发光的，戴上它之后，就不用害怕黑暗了。"长老微笑着，将"羽毛帽子"戴在庄斯坦头上。

回到"家"时，晚饭已经做好了，是银树皮磨成的粉混合光汁做成的糊糊——因为不能食用足够的银花蜜，银人们平时只能

第十六章 光树和光果

用这种糊糊充饥。吃饭时,长老夫人因为担心招待不周,显得心事重重,没想到庄斯坦和黄绿很喜欢糊糊的味道,都吃得肚皮圆滚滚的。

晚饭过后,长老夫人心情好极了,把黄绿抱在怀里,不停地爱抚。黄绿像家猫一样轻轻地哼着,显出很享受的样子。实际上,长老夫人的怀抱像金属一样冰冷——银人们的血管里流淌的是类似银金属的特殊物质,但黄绿并不在乎,它喜欢善良温柔的长老夫人。

休息时间到了,花瓣慢慢合拢,"卧室"里的光线暗了下来,到处荡漾着淡淡的幽香。庄斯坦和黄绿躺在干草铺成的"床铺"上,睡得十分香甜。

第十七章
大战机器怪

　　小银人们都是天生的艺术家，擅长舞蹈、绘画、表演、音乐等，尤其是都有一副好嗓子，且歌唱技巧高超。当他们坐在各自的银花上，进行重唱时，天籁般的歌声和优美的画面组合在一起，真是美轮美奂，令人叫绝。

　　也许正是这种沉迷艺术、与世无争的态度，才让小银人们如此脆弱，如此容易受到攻击。在庄斯坦到来前，他们甚至从未想过跟敌人抗争以改变命运。庄斯坦既欣赏小银人们的才华，又为他们的软弱感到惋惜。

　　机器怪们快要来了，在银人长老的安排下，卫生间飞船事先飞进一朵半开的花苞里。花苞里的花蜜尚未成熟，机器怪是不会进来的。这样，躲在里面既可以隐蔽自己，又可以观察外面的形势，以便伺机行动。

　　机器怪们如期在天空出现了。它们有两对翅膀，上面的一对较长，下面的一对较短。从远处看，它们就像一只只蝴蝶。但那只是

第十七章　大战机器怪

大致轮廓而已；离近些看，会发现它们模样丑陋，身材粗蠢，更像地球上的猪。

机器怪们不但长得像猪，声音也像，经常会毫无意义地"哼哧哼哧"叫上两声。在队长的安排下，它们有的降落到银花上，有的降落到光树上。分别将装满蜜汁的蜜罐和成熟的光果放进两辆机械飞车里。

它们举止粗野，态度蛮横。要是看哪个小银人不顺眼，轻则用力推搡到一边，重则直接提起，再扔到地面上去……银花多长在几百米的高空，小银人摔到地上会是什么惨状，可想而知。

庄斯坦将一切都看在眼中，气得咬牙切齿，真想冲出花苞，狠狠教训这些该死的家伙。但毕竟要以大局为重，要想成功，就不能意气用事，所以庄斯坦还是努力控制住了自己，暂且隐忍了下来。

事实上，机器怪彼此之间也相当粗暴。机器怪队长发现一个机器怪抵抗不住诱惑，在偷喝光汁，马上飞了过去，在它身上打出几个大坑；两个机器怪为抢夺一棵光树大打出手，机器怪队长亲自上前劝解，仍劝解不开，不由得心中火起，将两个机器怪揍成了两堆废铁……

等到收工时，光树林和银树林已是一片狼藉。光树的树枝被折得七零八落，地上到处都是摔碎的光果，有的光鸟没等出生就被踩成了肉泥。一些银花破损严重，甚至连花瓣都脱落下来，掉在了地上；小银人们站在剩余的花瓣上，默默擦着眼泪，哀叹自己可悲的命运。

机器怪们在队长的指挥下，簇拥着两辆机械车飞向高空，逐渐

 开普勒452b星惊险之旅

远去。卫生间飞船这才按照原定计划,离开藏身的花苞。庄斯坦心情沉重地将长老夫妇安慰了一番,表示一定会跟宛兹人算账,替小银人们报仇,然后,立即驾驶飞船追了上去。

光之谷外,仍旧是无穷无尽的黑暗。机械车上的蜜罐和光果是会发光的,在周围黑暗的映衬下,就像放在容器里的璀璨珠宝,看上去非常醒目,因此不容易跟丢。庄斯坦为了不暴露目标,将飞船的灯关掉,将羽毛帽子塞进柜子里,并且始终跟机器怪队伍保持一定距离。

机器怪是由大伟庄亲自设计的,本来头部可以360度旋转——大伟庄从坦斯庄那里得到的灵感——用以防备背后的对手。但是后来发现,机器怪很容易因此走神。在飞行过程中,机器怪由于调整不好面孔位置而撞到大树上、崖壁上或者建筑物上的事情频频发生。于是大伟庄修改了设计,取消头部360度旋转的功能,而是在尾巴尖上多装上一只多功能眼睛。

机器怪队长突然全身一颤,因为它收到了从尾巴发来的警报,于是它睁大尾巴尖上的眼睛细看。凭借高科技的力量,不到十秒钟的时间,机器怪队长已将对手的情况弄了个一清二楚。

"哈哈,竟然有人主动送上门来,没想到还有这等好事,立功的机会到了。"机器怪队长心中暗喜,但是并没有贸然行动,而是按照规定,将资料整理好,发送到大本营的值班室,等待下一步的指示。

大本营的值班室里,坦斯庄因为想念"挖掘机先生",已经连发三个小时的呆了,要不是刺耳的警报声响起,恐怕还要再连发三个小时的呆。

第十七章　大战机器怪

坦斯庄慢慢缓过神来，无精打采地叹了口气，伸出长了十根手指的手掌，按了下操作台上的按钮，机器怪队长丑陋的猪脸马上出现在了大屏幕上。

"报告，坦斯庄小姐！"

"什么事？"坦斯庄靠在椅背上，将两只手缠绕在一起，不耐烦地问道。

"发现有人跟踪我们！"

"哦？是谁？"

"请看，这是刚收集到的资料。"机器怪队长将包括照片在内的所有的资料"唰"地传送到了大屏幕上。

"咦，这个人看上去怎么这么眼熟？"坦斯庄盯着庄斯坦的照片，嘀咕道，"他跟抓来的那个地球人长得很像……莫非他是……"

想到这里，坦斯庄惊慌起来，感到脑袋又要旋转，急忙用手抓住，然后启动肉轮，向大伟庄的办公室跑去："爷爷，爷爷，出事了，地球人来了……地球人来了……"

"地球人来了？有没有搞错？"听完坦斯庄的汇报后，大伟庄怒火中烧地来到值班室，查阅队长发过来的资料。

"爷爷，这个人跟我们抓来的那个地球人长得很像，不是吗？"坦斯庄抓住脑袋，情绪激动地说。

"没错，他们长得很像。"大伟庄暴躁地大叫道，"他很可能就是被我用光雾锁住的那个地球人！"

"天啊，那个地球人不但逃了出来，还来到了雷格尔星！"

"无论他是谁，马上把他消灭掉！"大伟庄挥舞着双臂，大叫

 开普勒452b星惊险之旅

道,"马上把他消灭掉!马上——"

"是!大人!"机器怪队长大声答道,从大屏幕上消失了。

出厂时,机器怪的大脑中就自动储存了八百条宇宙兵法,机器怪队长依照当时的形势,很快就搜索到了最好的作战方案。它命令队伍继续飞行,不要打草惊蛇,与此同时,暗中抽调出部分机器怪,从半路包抄。

周围的黑暗为行动提供了便利,当庄斯坦发觉时,两排机器怪已经像一对魔鬼的翅膀似的,慢慢合拢起来,将卫生间飞船包围在了中间。

"糟糕,黄绿,我们被发现了!"庄斯坦惊呼道。

机器怪们用趾甲射出一道道激光,向卫生间飞船展开猛攻。不断射出的激光交织在一起,形成了一个不停闪烁的光团。幸好卫生间飞船有自我保护功能,还能尽力躲闪,勉强维持飞行与平衡。

"庄斯坦,赶快还击啊!还等什么?"黄绿一会儿摔到天花板上,一会儿又摔到角落里,疼得"喵呜""喵呜"大叫。

"飞船根本没来得及配备武器,拿什么还击啊?"庄斯坦也到处乱撞,磕得浑身青肿。

这时,柜子的门突然打开了,滚出许多厕纸、马桶栓、洁厕剂来——没有想到爷爷平时喜欢屯货的习惯今天居然帮了庄斯坦的大忙——庄斯坦见了,灵机一动,以最快的速度制作出一个简易发射器,开始向机器怪们发射厕纸、洁厕剂、马桶栓,进行还击。

厕纸、洁厕剂这些杀伤性不强的"武器",至多不过打乱了机器怪们的进攻节奏,根本谈不上什么攻击力。然而,当发射

第十七章 大战机器怪

马桶栓时,意想不到的事情发生了,马桶栓的橡胶栓头跟开普勒452b星的空气摩擦后,逐渐变大,吸在机器怪的脸上,拔都拔不下来。被击中的机器怪气得哇哇大叫,在空中到处乱飞乱撞,像正在泄气的气球。

尽管如此,毕竟是敌众我寡,实力相差悬殊。卫生间飞船到底还是被激光击中关键部位,出现了故障,先是在空中剧烈颤动,把庄斯坦和黄绿从窗子甩了出去,然后,像死鱼似的翻转过来,开始向地面快速坠落。

庄斯坦下落的速度很快,冰凉的空气摩擦着面颊,像刀刮一样疼;黄绿比庄斯坦先甩出去,在下方惊恐地尖叫着;上方则隐约能听到机器怪们嘲弄的话语和得意的狂笑。

"庄斯坦,庄斯坦,下辈子见吧!"黄绿不知道摔下去是死是活,绝望地呜咽着大喊道。

"对不起,黄绿,我不该把你带到这里来的!"庄斯坦难过地向黄绿喊去。

庄斯坦不想看到黄绿摔成肉酱的惨状,急忙闭上眼睛。可是,奇怪的是,他既没有听到黄绿的惨叫,也没听到摔在岩石上的声音。再向下看时,黄绿竟然消失不见了。

"怎么回事?黄绿呢?"没等庄斯坦弄明白,已经轮到他了,刹那间,他陷了下去……

第十八章
地下的气球兔国

庄斯坦醒来时,发现自己躺在一片洁净的沙滩上,耳边传来"哗啦啦"的波浪声,几只红色的像贝壳的小生物组成队列,在他面前慢慢爬过,留下一道道浅浅的痕迹。

他感到浑身酸痛,强撑着坐了起来,看到面前是一面大湖,湖面上飘荡着轻薄如纱的白雾,隐约能看到远处的群山,空气里飘荡着花草的幽香和湖水的气息,偶尔传来几声悠远的鸟鸣。

转过身来,面前是一片开阔的草地,上面有许多相貌奇特的小家伙。这些小家伙头部像兔子,身体主干像个气球,四肢又细又长,既可以直立行走,也可以肚皮充气在空中飞行——庄斯坦后来得知,他们是"气球兔人"。

十几米开外,黄绿双目紧闭、一丝不动地躺在沙滩上。"黄绿,你还活着吗?"庄斯坦费劲地站起来,拖着酸疼的身体,蹒跚地走了过去。

黄绿除了尾巴受了点轻伤外,并无大碍,不过,苏醒过来之

第十八章 地下的气球兔国

后,就开始不停地唉声叹气,抱怨庄斯坦不该带它来这个危险的星球,让它遇到这么多可怕的事情。

"咦,他们在做什么?"黄绿突然指着天空,惊奇地问道。

"嗯?"庄斯坦顺着黄绿指的方向望过去,只见几个提着水桶的小气球兔人,正在一个大气球兔人的指挥下,挥动刷子,涂抹着什么。

这时,一个小气球兔人飞了上去,在大气球兔人耳边说了些什么,大气球兔人听罢,向庄斯坦、黄绿这边望了过来,面带气愤的神情,并立即带着小气球兔人飞了过来。

大气球兔人看上去很威风,毛色花白,眼睛明亮,留着长长的八字胡,肚皮比其他气球兔人的大,耳朵也更宽更长。虽然身体有些超重,但飞行起来毫不费力,降落的动作也潇洒自如。

"好啊,原来你们没被摔死!看看吧,看看你们干的好事!"大气球兔人两手叉腰,气鼓鼓地说,"看看你们把我们的天空撞成什么样子了?你们实在是,实在是太可恶了!"

一直站在附近的小气球兔人们围拢了过来,惊疑不定地看着他们;不知从哪儿钻出几个气球兔人小孩,追逐嬉闹着,像是过节似的。

"走开,走开,小兔崽子们!回家去!"大气球兔人不耐烦地驱赶道,"走开!再捣乱,就把你们的耳朵拽下来!"

气球兔人小孩们听了,都尖叫起来,有的撒腿跑开了,有的鼓起小肚子飞到天上去了。

"天空也能撞坏吗?真是奇怪!"庄斯坦心里嘀咕道,抬起

 开普勒452b星惊险之旅

头,又仔细观察了一番,突然间,一个念头在脑中滑过,"你们的天空不是真的,是画上去的,对吗?"他不禁脱口而出。

一下子静了下来,小气球兔人全都张大嘴巴,吃惊地望着庄斯坦。大气球兔人则气得满脸通红,八字胡慢慢翘了起来。

"没错,我们的天空的确是画上去的,那又怎样?这就是我们的天空!你们没有权利破坏!"他气冲冲地说。

刚才的话一出口,庄斯坦就后悔了,于是急忙弥补道:"当然,当然,不过我们不是故意破坏……不是故意破坏你们的天空的……对不对,黄绿?"

"我们受到了攻击,完全是身不由己,我们从来没想过冒犯你们。"黄绿摇着尾巴说,"我们应该感谢你们,要是没有这里,我们可能早就摔死了……"

经过庄斯坦和黄绿的一番解释,大气球兔人的八字胡终于慢慢落了回去,"好吧,既然你们不是故意的,我就不追究了。"

大气球兔人气来得快,去得也快,转眼间,已经将庄斯坦和黄绿当"客人"看待了。他热情地介绍说,这里是拥有数百万年历史的气球兔王国,他是气球兔王国第561位君主——托托国王。

托托国王将庄斯坦和黄绿带到王宫,并设宴款待了他们。庄斯坦从托托国王那里了解到,雷格尔星的地下世界跟地上世界一样精彩,气球兔王国只是雷格尔星地下世界的一小部分。大部分地下种族甚至从未走出过地表,比如水世界里歌声嘹亮的鱼龙人,金属世界里动作僵硬的金属人,岩浆世界里载歌载舞的火人,冻土世界里的缺乏安全感的白毛雪人……

第十八章　地下的气球兔国

"在这些地下种族中,我们气球兔人是离地表最近的,但我们这里很安全。"托托国王说,"这里处于永夜之地,隐蔽性好,而且没有太多资源——你也看到了,连天空都是我们自己画的——所以没有外敌侵扰我们。"

"刚开始,我甚至没看出你们的天空是假的,你们是怎么做到的?"庄斯坦好奇地问道,"你们在那上面涂了什么?"

"一种会发光的涂料。"托托国王说,"在大湖的湖底生长着一种蓝色水草,到了特定季节,水草的花蕾会生出四肢,变成鱼类,爬到沙滩上来。把这种鱼的鱼鳞刮下来,捣碎,晒干,再用水化开,涂料就制作完成了。这种涂料不但看上去可以假乱真,而且能变换亮度,区分白天和黑夜。"

第十九章
突如其来的危机

正如托托国王所说，气球兔国的资源的确非常匮乏，甚至连宫殿都是用湖中的贝类建造的，不过，这并不影响它们的美观和实用。那些宫殿色彩艳丽，造型奇特，尤其令人惊奇的是，组成墙壁和天花板的贝类居然是活着的，当它们打开贝壳呼吸时，甚至能看到里面晶莹剔透的珍珠。

气球兔人几乎是跟外面的世界完全隔绝的，他们依靠大湖和群山提供的食物为生，日子过得倒也悠哉游哉。不过，保持这种封闭状态，肯定吸收不了其他文明的养分。所以，他们发展程度有限，各方面都相对落后。

托托国王对庄斯坦的经历非常同情，派出大量士兵，帮忙寻找卫生间飞船。但寻找工作并不顺利，十多天过去了，依然一无所获。庄斯坦又着急又苦闷，除了跟着士兵们寻找飞船外，经常带着黄绿，到气球兔人的图书馆里查阅资料。气球兔人的书是用一种特殊的贝类做的，是有生命的书。想看哪儿，点一下，它就会自己读

第十九章 突如其来的危机

出来。

气球兔人的图书馆建在湖边,大部分位于水面以下,建筑材料是各种水生动植物加工后的尸体;图书馆的窗子又高又大,可以在读书的闲暇欣赏湖里的游鱼和形态各异的水草;图书馆的藏书量非常丰富,书籍分门别类地放在贝壳托盘里;贝壳托盘巧妙地串联在一起,就像一面面巨大的珠帘。

庄斯坦在图书馆里发现一张雷格尔星的"世界地图"和一枚"指南针"——对他来说,这些都是非常有用的。托托国王表示愿意将"世界地图"和"指南针"当作礼物送给庄斯坦。庄斯坦非常感动,越发觉得托托国王慷慨大度,值得敬佩了。

黄绿则对图书馆窗外游来游去的湖鱼更感兴趣。实际上这些湖鱼大多模样怪异,举几种常见的为例:一种鱼身材修长,全身长满尖刺,刺尖上还开着花朵,就像一根狼牙棒;一种鱼皮肤黝黑,形状不规则,看上去就像一大堆巧克力,只有在张开血盆大口时,才会露出本来面目;一种鱼头部是身体的十倍大,嘴里的牙齿大的大小的小,参差不齐,食量有限,专以杀戮其他湖鱼为乐;一种鱼长着潇洒飘逸的多彩尾巴,游动起来像个"仙女",身上却带着可怕的剧毒,石头碰到它马上崩裂,水草碰到它立即枯萎。

"喵呜,这里的鱼实在太可怕了。"黄绿多次叹息着说,但还是忍不住去看。那些怪鱼也喜欢看黄绿,而且还总是流着口水,想必是觉得黄绿看上去很好吃,想要把它撕碎,吞下去。

气球兔国其实是有美味的鱼的,只不过不是在湖里,而是在水田里。托托国王带庄斯坦和黄绿参观气球兔国的"鱼田"。在那

里，鱼儿们像秧苗一样整齐排列，通过根茎吸收水分和养料；在风中轻轻摇曳着尾巴，悠然自得地吐着透明的泡泡。"鱼田"里的鱼鲜美无比，让庄斯坦和黄绿大饱口福。从那之后，黄绿再也不跟庄斯坦去图书馆了，而是改为去"鱼田"散步了。

除了吃到美味的鱼之外，他们还喝到一种奇特的"饮料"——雷奇花分泌的天然花蜜。雷奇树是气球兔国特有的树种，无须修剪维护树冠就能形成完美的圆球形。雷奇花的形状很像杯子，没完全开放前，都会饱含甜美的花蜜，只要用手轻轻把花瓣翻开就能直接喝了。不同颜色的雷奇花，花蜜的味道各不相同，除了黑色的，其他都是美味的。黑色雷奇花花蜜的味道奇苦，有些像很难喝的中药，令人难以下咽。

时间在一天天流逝，卫生间飞船仍旧毫无踪影。庄斯坦坐卧不宁，寝食难安，每天带着黄绿跟士兵们一起搜寻，直到筋疲力尽，才到图书馆休息一下。

托托国王一共有十个女儿，其中第八个女儿名叫雅诺。雅诺身材修长，气质高贵，长得非常漂亮。平时喜欢把两只长耳朵在头上打个结，看上去又优雅又特别。其他九个公主都是乖乖女，只有她不是，她是个很有个性的女孩。

这一天，庄斯坦坐在图书馆大厅里，百无聊赖地翻看着贝书。黄绿趴在桌子上，蜷缩成一团，打着瞌睡。雅诺公主突然快步走了过来。

"庄斯坦，你们快逃吧，"她焦急地说，"不然就来不及了。"

"公主殿下，发生了什么事？"庄斯坦站起身来，惊讶地问道。

第十九章　突如其来的危机

"你们现在非常危险，非常危险！"雅诺公主想解释，又不知该怎么说，"你们跟我来！"她突然转身向大厅外走去，庄斯坦想了想，急忙带着黄绿跟了上去。

他们走上楼梯，来到一条幽暗古雅的长廊，顺着长廊快步前进，拐了八个弯，穿过十二个拱洞，最后在一个富丽堂皇的大门前停了下来。

这里光线昏暗，气氛压抑，空气不畅，似乎很少有人光顾；大门倒是古色古香，非常精致，上面雕刻着许多面目狰狞的鱼，估计是以湖里的鱼为灵感创作的。

大门两边各放着一个大花盆，里面栽种着两颗硕大的"人头"。两颗"人头"将近两米高，相貌都非常丑陋，看不出来自哪个星球，属于哪个种族。此时，它们正紧闭双目，处于睡眠状态，长长的头发上挂着螺蛳、水草和浮游生物，在半空中轻轻飘荡着，看上去诡异可怕。

"雅诺公主，您怎么来了？"左边的"人头"突然醒了，睁开眼睛，惊诧地问道。

"公主殿下，您不该来这儿。"右边的"人头"打了个大大的哈欠，也醒了过来，"要是被陛下知道就糟了。"

"竟然还带来了陌生人。"左边的"人头"扫了眼庄斯坦和黄绿，皱起了眉头。

"这严重违反规定，公主殿下。"右边的"人头"语气强硬起来，"这里是禁区，除了陛下之外，任何人不许靠近。"

"你们要是敢告诉父王，我就把你们从花盆里拔出来，扔进

 开普勒452b星惊险之旅

湖里喂鱼。"雅诺公主说着,从鱼皮手提包里掏出一把古铜色的钥匙,插进锁孔,将门打开。

"公主殿下,公主殿下,您不能进去,您不能进去……"

两颗"人头"试图用长发缠住雅诺公主,将其拉回来。雅诺公主勃然大怒,掏出一把金剪刀,威胁要把它们的长发剪掉。两颗"人头"这才害怕地退却了。

庄斯坦、黄绿跟随雅诺公主走进房间,并将大门轻轻关上了。这是个很大的房间,挂着厚厚的窗帘,光线暗淡,只有墙上托盘里的几颗夜明珠带来些许光明。空气很干燥,夹着股类似腐朽的难闻气味。房间里存放着大量动物标本,全都栩栩如生,其中一部分动物,庄斯坦、黄绿曾在穿越森林时遇到过,因此看起来很熟悉。

"我担心你们不相信我,所以才带你们来这里的。"雅诺公主表情严肃地说,"看看这些标本吧,如果你们不逃走的话,也会变成这个样子。"

"可是,为什么……为什么我们会变成标本?"庄斯坦惊讶地问道,仍旧不明白雅诺公主的意思。

"因为你们受到了蒙蔽。"雅诺公主告诉庄斯坦,她的父王——托托国王只是表面上对他们友好。事实上,托托国王是个非常缺乏安全感的人,每当有外来者闯入,都担心会给气球兔国带来灭顶之灾。只有将外来者除掉,他心里才会踏实。为此,他总是假装友好,在思想上麻痹对方,使其放松警惕,然后使他们慢慢中毒,最终成为他标本陈列室里的一员。

"中毒?"黄绿瞪大眼睛,惊叫道,"喵呜,我们也是外来

第十九章 突如其来的危机

者,这么说,我们也中毒了?"

"是的。"

"什么……什么是有毒的?是田里的鱼吗?"

"不是。"雅诺公主摇了摇头。

"那是什么?"

"是雷奇花蜜。"雅诺公主答道,"雷奇花蜜里含有天然毒素,喝到一定的量之后,就会肌肉僵化,变成标本。"

"天啊,我们……我们就要变成标本了?"

"不要过于紧张,你们来的时间短,体内积攒的毒素还很有限。"

"雅诺公主,快帮我消除毒素吧!"黄绿捂着肚子,急得上蹿下跳,"拜托,拜托,我不想变成标本!"

"黄绿,不要胡闹!"庄斯坦大声责备道,"赶紧安静下来,让公主殿下慢慢说!"

"放心好了,解药我已经带来了,你们看!"雅诺公主说着,打开鱼皮手提包,将"解药"拿了出来。庄斯坦和黄绿看了之后,都感到哭笑不得,因为雅诺公主拿出的竟是两朵黑色雷奇花。

"公主殿下,您刚刚还说雷奇花是有毒的。"庄斯坦强忍住笑意,轻声说,"怎么……"

"你们不要笑,"雅诺公主说,"其他颜色的雷奇花花蜜都是有毒的,只有黑色雷奇花花蜜没有。黑色雷奇花花蜜不但没有毒,还是其他雷奇花毒素的解药。"

庄斯坦接过黑色雷奇花,但没有直接喝下去,而是在手里不停把

· 83 ·

 开普勒452b星惊险之旅

"玩"着。他心中感到非常困惑,不知道雅诺公主说的是真是假。

"可是,公主殿下,您为什么要跟陛下作对呢?"庄斯坦抬起头,心事重重地问道。

雅诺公主转过身去,沉吟了十几秒,等到转回身时,美丽的眼睛上已经结起一层冰晶——气球兔人悲伤时,眼睛上会结出冰晶,就像人类悲伤时会流眼泪一样。

"因为我恨他。"雅诺公主用小手轻轻擦掉冰晶,痛苦地说道,"我知道你们可能不会相信我,我现在就把其中的缘故告诉你们。"

"不,不,殿下,我们不是不相信你,"庄斯坦急忙解释道,"只是这件事太突然了,而且陛下一直对我们那么好……"

雅诺公主摆了摆手,继续讲了下去:"也许你不知道,当我的爷爷斯曼特国王在位时,气球兔国是开放的,图书馆里丰富的资料也就是那时积攒起来的。后来,爷爷不幸被外面的怪兽咬死了,父亲继承了王位……父亲认为外面的世界太过险恶,于是开始采取封闭国家的政策,不许气球兔人再离开地下世界一步。"

"我有过一个恋人,名字叫作吉拉,吉拉正直、善良、勇敢,是当时气球兔国最优秀的青年。吉拉不赞同父亲的封闭政策,认为只有勇敢地面对外面的世界,国家才能不断发展壮大,这样封闭下去,只会越来越落后。当时,有很多青年支持这种观点——其中也包括我。父王认为吉拉是反对力量的源头,所以对他心怀怨恨。"

"有一次,吉拉带着几个青年,偷偷到外面的世界闯荡,被父王发现了。他们一回到气球兔国,父王就带人把他们抓了起来,

第十九章　突如其来的危机

并全部施以绞刑。"说到这里，雅诺公主的眼睛上又结上了一层冰晶，这层冰晶格外厚实，似乎所有的悲伤都凝结在里面了。

"我的父亲是个专制的暴君！是个滥杀无辜的伪君子！是个冷酷无情的独裁者！"雅诺公主用双手捂住眼睛，使冰晶化成泪水，同时颤抖着吼道，"他不但杀死了吉拉，剥夺了大家的自由，还用雷奇花毒死了无数的外来者！这就是我跟他作对的原因！"

"公主殿下，不用再说了，我们相信你。"庄斯坦和黄绿深受感动，掰开黑色雷奇花的花瓣，将里面的花蜜喝了个精光。

"喵呜，这味道太可怕了，"黄绿喝完之后，摇着头，吐着舌头说，"简直是魔鬼的饮料。"

"你们体内积存的毒素很快就会消失的。"雅诺公主满意地点了点头，掏出一个精致的手绢，细心地将眼泪擦干，"跟我来，我带你们去找你们的飞船，我们必须抓紧时间。"

"我们的飞船？"庄斯坦惊诧地问道，"不是一直没找到吗？"

"第一天就找到了，父王不过是拖延时间，等你们被毒倒。"雅诺公主一边说着，一边带着庄斯坦和黄绿走出了房间。

"为什么不直接把我们抓起来呢？这里有这么多士兵。"庄斯坦跟在雅诺公主身边，疑惑地问道。

"在父王看来，你们是珍稀物种，必须小心对待，万一在争斗中被误伤，就不能做成完美的标本了。"雅诺公主说，"现在收藏标本，是他最大的爱好。"

庄斯坦和黄绿互相看了一眼，一起倒吸了一口凉气。他们做梦

 开普勒452b星惊险之旅

也没想到,托托国王竟然如此阴险。

雅诺公主带着他们来到图书馆的楼顶。楼顶已在湖面之上,形状像座岛屿,上面栽种了许多外形怪异的植物,未长大的"人头"花盆也掺杂其间。雅诺公主让庄斯坦与黄绿分别抓住自己的一只耳朵,然后快速充气,升腾起来,飞上半空。

雅诺公主为了不被气球兔人士兵们发现,一路上小心翼翼,尽可能用山川树木作为掩护。庄斯坦和黄绿只感到耳边冷风嗖嗖,紧紧抓住雅诺公主的耳朵,不敢放松。最后,雅诺公主在一座宫殿前降落了下来。

这座宫殿位置相当偏僻。门口摆放着八个"人头"花盆,跟标本陈列室门口的两个"人头"花盆一样,可以用长发缠绕对手,还可以吐出尖利的螺丝"飞镖",进行攻击。但它们都被雅诺公主震慑住了,不但不敢拦阻,还在慌乱中将长发纠缠到一起,一时竟拆解不开。

跟标本陈列室相比,这座宫殿空间更大,采光更好,"藏品"也更多。而且"藏品"都是些大型物件,只有积累多年才可能有如此规模。黄绿在"藏品"中间跑了几圈,很快找到了卫生间飞船。

卫生间飞船损伤得不是很严重,庄斯坦很快就将其修好了。这时,宫殿外突然传来一阵喧哗声。"快!父王来了!"雅诺公主急忙将庄斯坦和黄绿往卫生间飞船上推,"你们快走!"

"可是,公主殿下,我们走了,你怎么办?"庄斯坦担心地问道。

"不用担心我,我是他的女儿,他不会把我怎么样的!"雅诺

第十九章　突如其来的危机

公主匆忙答道。

庄斯坦和黄绿刚在卫生间飞船里坐好，托托国王就带着几个高大强壮的气球兔人士兵在宫殿门口出现了。

"雅诺，你带他们来的？你为什么背叛自己的父亲？为什么？"托托国王冲过来，抓住雅诺公主瘦削的肩膀，使劲地摇晃了几下，然后抬起头，对庄斯坦和黄绿气急败坏地怒吼道："你们休想从这里逃出去！休想！"

"庄斯坦，快走啊！"雅诺公主努力挣扎着，大声喊道。

"死丫头，不许你再说话！"托托国王一巴掌将雅诺公主打倒在地。命令两个气球兔人士兵把守住门口，四个气球兔人士兵飞上去，追击卫生间飞船。

双方你来我往，在宫殿里绕来绕去。气球兔人士兵试图用长枪刺破卫生间飞船。黄绿把头伸出窗外，呲着牙，警告地"哼哼"着，不时还虚张声势地咬上两口，但是都没咬到。

"你们出不去的！还会不断有士兵过来！"托托国王仰着头，挥舞着手臂，大喊道，"我已经布下了天罗地网！"

"不用怕，没有什么能挡住你们！大胆冲出去！"雅诺公主从地上爬起来，擦掉嘴角的血迹，不顾一切地大喊道。

庄斯坦开足马力，向天花板撞去，果真撞出个大洞，冲了出去。原来，气球兔国的建筑大部分都是由贝壳和黏土组成，全是些"豆腐渣工程"，根本经不起猛烈撞击。

卫生间飞船越飞越高，冲破"人造天空"，穿过看似坚硬实则松软的黏土层，回到了地面之上。

第二十章
大伟庄气坏了

击落卫生间飞船之后,机器怪队长带领部下返回大本营,向大伟庄做了汇报。

大伟庄听说没抓到地球小子,气得浑身冒出大量火苗,差点把整个办公楼点燃。

"活要见人,死要见尸……"由于极度愤怒,大伟庄的语言又开始凌乱起来,"你们怎么敢……任务没有完成……就这么回来?"

"报告大人,我们在低空搜寻了好久,但什么都没发现,或许……或许地球小子和他的飞船不够结实,在坠落时融化掉了。"

"胡说!怎么会那么容易……那么容易融化掉?!"

"我说的都是真的,大人。"

"够了!闭嘴!"大伟庄突然怒不可遏地掏出万能枪,对准机器怪队长,"我倒是想看着你融化掉!"

"大人,求求你,请不要杀掉我,"机器怪队长举起双手,惊恐地大叫道,"我为您工作这么多年,没有辛劳,也有苦劳……"

第二十章 大伟庄气坏了

"去死吧！"机器怪队长还没说完，就被万能枪发出的紫光射中，融化成了一堆冒着黑烟的废铁。

"这个笨蛋！只会耽误我的事情！"大伟庄往地上唾了一口，气呼呼地骂道，"我要选个新队长，一个能干的队长！"

机器怪们见老队长下场如此凄惨，全都战战兢兢，不想当新队长。大伟庄可管不了那么多，在队列前走了一个来回之后，看中了一个新组装的机器怪。

"你来做新队长吧！带着你的手下，继续给我找地球小子，必须把他找出来！否则的话，你的下场就跟它一样！"大伟庄指着地上的那堆废铁，冲着新队长吼道。

"是，大人！"新队长答道，急忙带着手下走出了办公室。

"一群笨蛋！"大伟庄又骂了一句，气急败坏地坐到了椅子上——由于站得太久，他的肉轮都有些酸了。

大伟庄火气这么大其实还有一个原因。一次地球之行得到的信息毕竟有限，他希望在宇宙大会召开前，能从"俘虏"们——尤其是庄伟大——的大脑中多提取一些地球信息，以便为全面进攻地球做准备。但庄伟大看出了大伟庄的险恶用心，始终保持打坐状态，将大脑彻底放空，让仪器什么都搜索不到。

"地球人脑子里还是什么都没有吗？"大伟庄气恼地问坦斯庄。

"是的，爷爷。"

"真是奇怪，他脑子里的信息量应该比动物们多才是！"

"可能是这个地球人太老，身体机能退化了，所以才会这样！"坦斯庄眼珠转了转，神秘地说，"不过，爷爷，我倒是有个

好办法。"

"什么好办法?"

"我再去地球一次,抓个年轻些的地球人回来,保证能得到更多信息。"坦斯庄用独眼紧张地看着爷爷,希望能马上得到批准,这样她就能把挖掘机先生带回来了。

"没必要,不是还有那个自己送上门的地球小子吗?等抓到他,问题就解决了!"大伟庄说完,就离开办公室,去蚊子馅饼专卖店了。

坦斯庄失望地哭了起来,她哭泣的样子实在太有趣了,一定要给大家描述一下:心形的脑袋先是纵向压扁,像根油条,接着变回心形,然后再纵向压扁……这样循环往复几次之后,一种难听的声音从嗓子里挤了出来——"呱呜啊——"有些像蛤蟆叫,又有些像婴儿的啼哭。

"亲爱的,你怎么了?"坦斯庄突然听到莱切王子的声音,不禁吓了一跳,急忙停止了哭泣。

莱切王子就站在坦斯庄下面,而且肯定已经站了好一会儿,因为他方便面似的头发都已经被坦斯庄的泪水淋湿了。

"不要哭了,亲爱的,告诉我,你为什么伤心?"莱切王子两只小手握在一起,哽咽起来了,"你伤心,我也会跟着伤心……你知道的,亲爱的坦斯庄小姐……"

尽管莱切王子为了显得温柔些,已经压低了音量,但破锣似的大嗓门仍然震得坦斯庄耳膜疼。坦斯庄不但没被打动,反而厌烦得要死,为了尽快摆脱纠缠,竟然直接用肉轮从莱切王子身上轧了过去。

第二十章　大伟庄气坏了

"啊，亲爱的——好痛，我的心被轧碎了——我的心——"莱切王子肉饼似的平躺在地上，凄惨地呻吟起来。

幸亏莱切王子弹性好，七秒钟后，又恢复了原状。"哼，你早晚会是我的，我不会放弃的！等着瞧好了！"他挥舞着小胳膊，冲着坦斯庄的背影激动地大叫道。

第二十一章
奇妙果和巨人们

返回地面后,庄斯坦和黄绿利用从气球兔国得来的地图和"指南针",成功离开永夜之地,回到光明地带,并开始向孔斯蒂图大沙漠的方向进发。

一路上,他们遇到不少神奇独特的动物:身体有公交车那么大、头上长着红色苔藓的爬虫,靠吸食空气中的尘埃为生;会催眠的食肉鱼,一旦跟它们的目光接触,就会慢慢被其控制住,栽倒在溪水里,被其分食掉;以泥土为食的绿毛兽,将泥土中的营养吸收光,排出沙子,那些沙子干燥清洁,是巨型甲虫们理想的巢穴;从不降落到地面的大鸟,翅膀展开将近二十米,飘在空中睡觉,以其他鸟类为食;嘴巴里满是毒液的巨舌怪,总是流着深褐色的涎水,所经之处寸草不生……

他们还遇到一种外形跟熊很相似的小动物,因为小动物的毛发是深蓝色的,庄斯坦就叫它们蓝熊。蓝熊的主要食物是各种果实,而且它们是寻找果实的高手,只要跟在它们后面,就有吃不完的果实。

第二十一章 奇妙果和巨人们

庄斯坦和黄绿跟定一只蓝熊，先后吃到乳酪味的紫色果实，樱桃味的绿色果实，巧克力味的植物根茎状果实，烤牛排味的褐色"玉米"样果实和其他许多说不清味道的果实……不过，并不是蓝熊找到的所有果实都让人满意，一种表皮带圆点的环形果实，味道就很像恶心的臭鸡蛋，让人难以下咽。

蓝熊性情十分温和，很快就习惯了庄斯坦和黄绿这两个"跟屁虫"，还不时回过头，看他们跟上没有。对于蓝熊来说，森林里有吃不完的各种果实，多两个人分享没什么。

他们来到一片开阔地带，不远处是一座巨大的悬崖，悬崖底部攀爬着一种大型植物。植物的枝蔓向四处伸延，占据的面积非常大；叶片成菱形，又大又厚实，开着巨大的花团；每个花团都由成百上千朵小花组成，每朵小花都有成人大小，外层的小花是绿色的，内层的小花是白色的；周围洋溢着浓郁的香气，令人意荡神迷。

蓝熊在巨大的叶片中间钻来钻去，不停嗅着，似乎在寻找着什么。突然，它兴奋了起来，用爪子使劲扒着，"嗷嗷"叫个不停，像是找到了什么宝贝。庄斯坦和黄绿走近些，看到层层叠叠的叶片下面露出一枚巨大的青皮果子，那枚果子实在是太大了，跟栋楼房差不多。

这种果子就是上文提到过的奇妙果。蓝熊嘴里哼唧着，用爪子使劲挠着，不时焦急地回头望上一眼——蓝熊没有语言，但庄斯坦已经猜出它的意思——奇妙果的果皮太结实了，没法吃到果肉，希望庄斯坦和黄绿能过去帮帮忙。

 开普勒452b星惊险之旅

如何打开奇妙果生牛皮般的果皮,对庄斯坦来说也是个难题。幸亏黄绿在附近发现了一种特别的树,这种树的叶片近似平行四边形,边缘坚硬锋利如刀,叶柄非常牢固,握起来有如刀把。

黄绿爬上树,摘下几枚叶片,扔了下来,庄斯坦挑出最锋利的一枚。他们一点一点剥开奇妙果的果皮,打开一扇"小门"。"小门"打开后,芳香扑鼻的果肉露了出来,甜美的果汁流在了地上。庄斯坦、黄绿、蓝熊抵挡不住诱惑,立即扑上去,大吃起来。就像三只并肩前进的小虫子,吃了一层又一层,每一层都是汁水饱满,美味无比。

奇妙果实在是太大了,刚吃到第二层,庄斯坦就已经撑得不行,打起了饱嗝;黄绿更是肚皮滚圆,连行动都很困难;只有蓝熊还在不停地吃啊吃,身体已经比进入奇妙果之前增大了一圈……

躺在果肉做成的"洞穴"里,周围都是黏糊糊的果肉,张开嘴巴,果汁就会源源不断地滴进来,这种经历可不是轻易就能遇到的。"好舒服啊。"庄斯坦将双手放在脑后,暂时忘掉所有烦恼,满意地闭上了眼睛……

不知过了多久,庄斯坦突然被巨大的响声惊醒了。那响声越来越迫近,夹杂着树木被折断的声音、灌木丛被踩扁的声音以及叽里呱啦的说话声。

庄斯坦爬到"洞口",轻轻推开"小门",发现两个巨人正穿过森林,向这边走过来。这两个巨人都有十层楼那么高,皮肤呈土黄色,头上都生有一百多只触角,触角的顶端长着眼睛。嘴巴很大,牙齿有些稀疏,每颗都有砖头大小。他们性情暴躁,力大无

第二十一章 奇妙果和巨人们

穷。哪块石头挡住了路,他们就举起来,怒吼着扔到一边;哪片灌木丛看着不顺眼,他们就一脚将其踩扁。

"看那边,儿子,"个头较大的巨人突然停下来,惊喜地说,"悬崖下有棵奇妙果树!"

"太棒了!果然是奇妙果树!我们真幸运!"个头较小的巨人说,"找到今天的午餐了!"

"何止是今天的午餐,有了这棵树,以后都不愁吃的了!走,我们过去!"

两个巨人兴奋地跑了过来,弄得地动山摇,尘沙四起。接着,最令人担心的事情发生了,两个巨人刚跑到奇妙果树附近,就注意到了停靠在一边的卫生间飞船。

"爸爸,这是什么?"

"不知道。"巨人爸爸耸了耸肩,笨拙地弯下身子,用一根手指轻轻推开飞船的门,向里面看了看,"装了许多按钮。"

巨人父子研究了好一会儿,也没研究出个结果,于是重新将注意力转移到了奇妙果树上。他们很快发现了庄斯坦等所在的那枚奇妙果,将其从藤蔓上摘了下来。巨人爸爸将奇妙果扛在肩上,巨人儿子将飞船抱在怀里。

"今天真是大丰收啊,儿子。"

"是啊,爸爸。"

巨人父子有说有笑地回家了。奇妙果在巨人爸爸的肩头轻轻摇晃着,庄斯坦、黄绿、蓝熊在里面却如同遇到地震一般,跌跌撞撞,站都站不稳。

开普勒452b星惊险之旅

"庄斯坦,现在怎么办?我们困在里面了!"黄绿惊恐地叫道。

"不要惊慌,会有办法的。"庄斯坦咬着嘴唇,努力让自己冷静下来。

翻过多座山岭之后,巨人父子终于停了下来,这里古树参天,浓荫蔽日,而且相当隐蔽。

"我们回来了。"巨人爸爸两手抓住肩膀上的奇妙果,将其放到了地上,庄斯坦等感到猛地一震,差点飞起来。

"呀,是奇妙果啊,我们有口福了。"一个声音苍老的巨人高兴地走了过来。

"奶奶,还有呢……您看这是什么!"巨人儿子小心翼翼地将卫生间飞船放了下来。

"咦,这是什么呀?"巨人奶奶弯下身子,仔细看了看,"像是一座小房子。"

"不过是个小玩具罢了,"巨人爸爸在一旁咕哝道,"没什么用处!"

跟巨人们的房子相比,卫生间飞船的确像个小玩具。巨人们的房子是由结实的青草编成的,吊在五棵大树上,组成一个不太规则的五角星。中间的空地上放着简单的农具和武器。旁边的篱笆里圈养一些长着独角的长毛兽,估计是他们的牲畜。

"先把奇妙果打开吧,肚子都快饿瘪了。"一声巨响,奇妙果被巨人爸爸的大手劈成了两块,又接连两声巨响,被劈成了四块;幸亏"洞穴"在奇妙果的一角,没被劈到,否则庄斯坦、黄绿、蓝熊已变成了肉泥。

第二十一章　奇妙果和巨人们

"去，给妈妈送一块去。"巨人爸爸拿起一块奇妙果——庄斯坦、黄绿、蓝熊所待的那块儿——递给巨人儿子。

"好的，爸爸。"巨人儿子接过奇妙果，答应了一声，向一个树屋走去。

"妈妈，吃点东西吧。"巨人儿子登上扶梯，走进树屋后，轻声说道。

"有什么吃的？"巨人妈妈从草编的床铺上慢慢坐了起来，不耐烦地问道，心情似乎不大好。

"是奇妙果，您不是最喜欢吃奇妙果的吗？"

经过一番猛烈的摇晃之后，巨人妈妈终于从巨人儿子手里接过奇妙果，"咔嚓""咔嚓"地吃了起来，每口都要咬掉电视机大小的一块果肉。按照这个速度，很快就要咬到庄斯坦、黄绿、蓝熊所在的"洞穴"了。

庄斯坦不想坐以待毙，再次爬到"洞口"，把"小门"轻轻推开，却看到巨人妈妈的血盆大口就在旁边，硕大的牙齿有力地咀嚼着，青紫色的大舌头搅拌着嚼烂的果肉，猛地吞咽下去，然后再狠狠咬上一口……

"怎么办？就这么被吃掉吗？"庄斯坦不敢再看下去了，合上"小门"，靠在"果肉墙壁"上，心脏狂跳个不停。

这时，奇妙果突然翻转了过来，在重力的牵引下，庄斯坦快速跌到"洞底"，和黄绿、蓝熊撞到了一起。接着，"小门"开了，一道光照亮了"洞穴"，一只又细又长的东西从"门外"伸了进来。

那是巨人妈妈头上的一只触角，触角试探着前进，来到"洞

 开普勒452b星惊险之旅

底",顶端的眼睛惊讶地大睁了几秒,之后,像条受到惊吓的蛇似的,飞快地向后退去,"小门""啪"的一声,又关上了。

"糟糕!我们被发现了!"庄斯坦轻声嘀咕道,知道要出事了。果然,奇妙果摇晃了一阵之后,外面传来巨人妈妈的怒吼声:"你这臭小子居然敢把生了虫子的奇妙果给我!"

"妈妈,这么新鲜的果子怎么会有虫子呢?"正蹲在空地上大吃的巨人儿子抬头望望来找自己算账的巨人妈妈,擦了擦嘴角上的果汁,委屈地说。

"你还犟嘴?好吧,你看这是什么?"奇妙果又被巨人妈妈猛地倒扣了过来,庄斯坦、黄绿、蓝熊不由自主地向"洞口"坠去,穿过"小门",重重摔在了地上。

庄斯坦、黄绿、蓝熊摔得眼冒金星。等到稍稍清醒些,他们向上望去,只见几百只触角在上方轻轻摇曳,触角顶端的眼睛全都大睁着,好奇地看着他们。

"一共有三个呢,"巨人奶奶笑着说,"看上去多有趣啊。"

"这种蓝毛的小东西,经常能在森林里遇到,"巨人爸爸皱着眉头说,"另外两个嘛,却是头次看到。"

"他们长得好奇怪,"巨人儿子接着说,"不像是我们星球上的,像是其他星球上来的。"

"你科幻读物读多了吧。"巨人爸爸嘲弄地说。

"才不是呢。"巨人儿子认真地答道。

"你们好,"庄斯坦鼓起勇气,站起来大声说,"我是庄斯坦,我来自地球。"

第二十一章 奇妙果和巨人们

"天啊——"三个巨人一起惊呼起来,"居然真是外星来的,而且还会说话!"

"妈妈,快来看啊,"巨人儿子转过头,对正坐在石头上生闷气的巨人妈妈喊道,"居然被我猜中了,奇妙果里的小东西真是外星来的,还会说话呢!"

巨人妈妈一开始噘着嘴,没有回应,后来终于按捺不住好奇心,拖着一双大脚慢吞吞地走了过来,于是,庄斯坦、黄绿、蓝熊的上方就又多出来了一百多只眼睛。

"哦,真是个小丑八怪。"巨人妈妈对庄斯坦撇了撇嘴,厌恶地走到了一边。

"好吧,我是个小丑八怪。"庄斯坦望着巨人妈妈古怪滑稽的面孔,感到哭笑不得。

事实上,除了患有轻度忧郁症的巨人妈妈外,巨人奶奶、巨人爸爸、巨人儿子都很好相处,没过多久,庄斯坦就和他们成了好朋友。庄斯坦意外得知,巨人们竟也是宛兹人剥削的对象。两百多年前,宛兹人在这座森林里发现了一种制造高科技武器必需的稀有金属"铛",于是用疯狂的进攻占领了这座森林,并让巨人们沦为了苦力。

"宛兹人在森林里建立了血汗工厂,我们都是从工厂里逃出来的。"巨人爸爸告诉庄斯坦,"我们都是幸运儿,因为只有极少数巨人能逃出来,大部分巨人都在逃跑过程中被抓回去杀死了,其中包括我的父亲和女儿。"

巨人爸爸带着庄斯坦"考察"了宛兹人的工厂。他们小心翼

开普勒452b星惊险之旅

翼地穿过森林，躲藏在一片茂密的灌木丛后面，在那里可以把山脚下的工厂看得清清楚楚。工厂占地面积达数百公顷，里面矗立着许多造型奇特的厂房和不知名的巨型机器，看上去冷酷无情、死气沉沉，与周围生机勃勃的大森林格格不入。

与其说这是座工厂，不如说这是座监狱。开普勒452b星一天有三十个小时，而巨人们要工作二十五个小时，只有五个小时的休息时间。每天从宿舍到厂房，从厂房到食堂，从食堂到宿舍……就这样周而复始，没有任何变化，而且生活条件极其恶劣。

当巨人们排着队伍，在机器怪的监督下从工厂里走过时，那景象是十分凄惨的。巨人们戴着沉重的手铐和脚镣，遍体鳞伤，神情呆滞，脚步迟缓，仿佛灵魂已被夺走，只剩下了一副麻木的躯壳。

第二十二章
宛兹人的血汗工厂

巨人们的工作主要是开采稀有金属锃和制造机械配件。这些机械配件是宛兹人使用的高科技武器——尤其是万能枪——不可缺少的。机械配件制造完成后,将由鱼形飞船运送到大本营,进行下一步的组装。

庄斯坦希望能打进工厂,帮助巨人们脱离苦海,同时找到宛兹人的大本营,救出爷爷。但工厂的防卫实在是太严密了,设计了好几种方案,都发现存在漏洞,难以执行。然而,正当庄斯坦为此大伤脑筋的时候,一个机会意外到来了。

自从找到那棵奇妙果树后,巨人一家再没为缺少食物发愁过。一天,巨人父子又搬回一个奇妙果。这个奇妙果比上次的还要大,巨人父子不得不一人扛一头,才能把它带回去。

庄斯坦、黄绿、蓝熊总是跟巨人父子一起行动的,这次也不例外。跟往常一样,巨人父子走在前面,他们跟在后面。一行人一边说着话一边向前走着,眼看就要到家了。

 开普勒452b星惊险之旅

他们刚走到树屋附近,就听到可怕的打斗声和叫嚷声。原来,树屋被一个机器怪发现了,巨人奶奶和巨人妈妈正在与其激烈搏斗。虽然巨人奶奶和巨人妈妈很勇敢,力气也很大,但机器怪是钢铁之躯,不仅不知疼痛为何物,而且不知疲劳顽固抵抗。巨人奶奶和巨人妈妈已落入下风,眼看就要招架不住了。

"嘿,机器猪!看这边!"巨人爸爸情急之下,使出浑身力气,一个人将奇妙果举过头顶,向机器怪猛砸了过去。果肉果汁四溅,泼到了众人身上,机器怪禁不住奇妙果巨大的冲击,被压成了金属片,只能发出"叽里哇啦"的噪音了。

大家刚松了一口气,可是没想到,灌木丛里响动了几声,竟又钻出一个机器怪。情况危险到了极点,这个机器怪离他们有几十米远的距离,如果此时展开翅膀,飞回工厂请求支援,那么等待他们的将是机器怪部队的大围剿,必定凶多吉少。

但是,这个机器怪并没有这样做,而是呆呆地立在那里,眼神变得越来越空洞,最后,竟跟着黄绿的动作动了起来,像是个受到牵制的木偶。原来,黄绿在旅途中,跟山里的鱼儿学会了催眠术,如今随机应变用到了机器怪身上,看来效果还不错。庄斯坦见了,心中大喜,立即大踏步走过去,将机器怪体内的芯片取下。机器怪的眼光渐渐熄灭,终于彻底停止了运作。

"哦,黄绿,你真聪明……你救了我们,你真是个小英雄……哦,谢谢你……谢谢你……"事后,巨人奶奶柔情蜜意地将黄绿捧了起来,用一百多个眼球蹭来蹭去。

黄绿仿佛掉进眼球海里,又痒又难受,又无法拒绝,只能勉为

第二十二章 宛兹人的血汗工厂

其难地"喵呜""喵呜"叫上几声,作为回应。

"你们看啊,它笑了,它笑了,多可爱啊……"巨人奶奶说完,又得寸进尺地吻了过来,于是,黄绿从眼球海落入口水海里,浑身上下满是黏糊糊的口水,连眼睛都快睁不开了。

庄斯坦把机器怪"解剖"开来,将其构造弄了个一清二楚,并且产生了一个既奇妙又大胆的想法——扩大机器怪胸腔内的空间,将其改造成手动操作的机器怪,然后自己隐藏其中,以机器怪的身份混进工厂。

巨人们觉得这个办法很棒,但是怀疑改装工作是否真能做到。庄斯坦用行动说话,不到半个小时,就将机器怪改造完成了,并打开机器怪的胸腔,坐了进去。在他的操作下,机器怪能走,能飞,能打斗,还能用原来的声音语气说话。在里面能看到外界,而外界看不到里面。

"太厉害!太厉害了!地球人,你真是个天才!"巨人们惊呼道,全都对庄斯坦佩服得五体投地。

"谢谢,谢谢大家!"庄斯坦推动遥控杆,先让机器怪行了个礼,然后又用机器怪的声音说道。

巨人们拍手大笑起来,越发相信庄斯坦的实力了。除了巨人一家之外,森林里还隐藏着其他巨人,而且彼此之间都有联系。听说庄斯坦打入工厂的计划后,巨人们纷纷过来看望他,表示愿意提供任何支持和援助。

第二十三章
一个异常大胆的计划

出发前,庄斯坦用从第一个机器怪身上拆下的零件,做成了两部视频对讲机,一部自己带在身上,一部留给黄绿和巨人们,从而方便联络。

工厂上空始终盘旋着一些机器怪,这些机器怪负责工厂的守卫工作,有时也会被派到森林里搜寻巨人。庄斯坦驾驶机器怪向山下飞去,偷偷混进这些机器怪里面,学着它们的样子,在空中来回盘旋。

到了傍晚,换班的时间到了,另一组机器怪飞上天空。庄斯坦跟随同组的机器怪们,降落在工厂的空地上,排成整齐的队伍,等待宛兹军官前来训话。

"70656出列。"一个身材消瘦的宛兹军官走到队伍前面,看了看手中的记录仪,大声喊道。

"是。"庄斯坦记得自己所在机器怪的编号正是70656,急忙大喊一声,迈步出列。

第二十三章　一个异常大胆的计划

"70656，今天为什么长时间失去联系？"宛兹军官走到庄斯坦面前，严厉地问道。

"报告长官，我在执行任务中出现故障，临时进行自我检修，所以失去联系。"

"和你一起执行任务的70657，为什么没有回来？它也出现故障了吗？"宛兹军官又看了眼记录仪，抬头问道。

70657就是被奇妙果砸扁的那个机器怪，早已被巨人爸爸和巨人儿子扔到了山涧里。

"报告长官，我无法收到70657的信号，不了解70657的情况。"

宛兹军官点了点头，拿起了对讲机，说道："检修中心，全面检查一下70656，我马上让它过去。"然后转向庄斯坦，命令道："70656，去检修中心吧，看你是不是还有其他问题！"

"是，长官。"庄斯坦行了个宛兹族的军礼，转身向检修中心走去。

由于宛兹军官已跟检修中心打过招呼，庄斯坦不想露出马脚的话就必须过去报到。幸亏庄斯坦临行前准备充分，很快找到了检修中心的位置。

检修中心是个非常宽大的房间，十个宛兹族的检修人员站成一排，在各自的操作平台后面紧张地工作着；离操作台七八米远的地方，有一个曲线形长椅，几个机器怪正坐在那里耐心等待；几个刚刚检修完毕的机器怪，笨拙地来回走着，以适应新换上的金属零件。

庄斯坦在曲线形长椅上坐下，向操作台望去，只见很多机器

 开普勒452b星惊险之旅

怪都被拆了个乱七八糟,然后换上新零件,重新组装。"我要是接受这样的检修,肯定就暴露了。"庄斯坦想,"不行,不能留在这里,必须想办法脱身才行。"

庄斯坦向周围重新观察了一番,趁检修人员们都在忙碌着,起身向检修中心的深处走去。到检修中心来的机器怪都是有故障的,做出些反常的事情也很正常,所以其他机器怪只是转过头看看而已,并未太在意。

检修中心深处放置着大量的金属架子。金属架子排列整齐,分成若干隔断。每个隔断里站着一个机器怪。这些机器怪相当于住院病人,需要较长时间的观察和调整,其中一部分已处于销毁的边缘。

庄斯坦走到偏僻处,选中一个伤损严重的机器怪,麻利地将其"胸腔"打开。

"喂,你在干什么?"本来处于休眠状态的机器怪,睁开眼睛,吃惊地问道。

"我需要你的帮助。"没等机器怪弄明白是怎么回事,庄斯坦已将自己的编号与它的互换了。

"70656,你在哪?"一个检修人员高声喊道,"该轮到你了!"

十几秒钟之后,那个机器怪才反应过来,答应了一声,动作僵硬地向操作台走去,庄斯坦则敏捷地填补上空出来的位置。

由于伤损太过严重,那个机器怪走了十多米,就有些走不动了。在检修人员的催促下,它勉强走到操作台前。可刚刚躺下,就

第二十三章　一个异常大胆的计划

四分五裂地碎开了。

"这还有什么好检修的？"检修人员见状，耸了耸肩，按下一个按钮，操作台上的金属板向两边分开，"哗啦"一声，那个机器怪落到了下面的回收室里，金属板又合上了。

"报告长官，70656无法修复，已经报废。"检修人员拿起对讲机，大声说道。

"知道了。"话筒里传来宛兹军官漫不经心的回答。对宛兹军官来说，报废一个机器怪是件稀松平常的事情。

检修人员们又开始忙碌起来了，庄斯坦抓住时机，偷偷溜出了检修中心。吸取这次的教训，他不再加入任何队列，遇到宛兹人或机器怪时，就灵巧地躲藏起来。

第二十四章
给庄伟大和动物们催肥

庄斯坦在工厂里寻找机会的同时,我们再来讲讲庄伟大那边的情况。

大伟庄和坦斯庄将庄伟大视作没有抵抗力的"阶下囚",在他面前讲话向来毫不避讳,因此庄伟大已经知道庄斯坦来到开普勒452b星的事情。

"我就知道庄斯坦会来救我的!太好了!庄斯坦一定能做到的!"庄伟大心里激动极了。

然而,大伟庄和坦斯庄可没那么好对付。

"坦斯庄,地球小子找到没有?"一天,大伟庄在办公室大声问道。

"还没有,爷爷。"坦斯庄急忙回答。

"告诉新机器怪队长,要是不想化为破铜烂铁,就给我抓紧点!"大伟庄冷酷地说,"还有,不用再费劲提取信息了!宇宙大会马上就要召开,按照陛下的指示,要把地球生物作为点心,供贵

第二十四章　给庄伟大和动物们催肥

宾们享用！你最近的任务就是，想办法让他们长胖一点！"

"是，爷爷。"坦斯庄大声答道。

听说要被拿去做点心，动物们全都吓坏了，立即大喊大叫起来："我们有心脏病、胆结石、气管炎……我们还有传染病……不能吃我们……吃我们也会得病的……"

然而，宛兹人既没有心脏、胆、气管，也没有会传染的病，所以大伟庄和坦斯庄听到这些，一丁点也不害怕。要是动物们提到颤栗症、心慌毒、麻麻冷这些雷格尔星特有的病，或许还有些效果。

接到爷爷交给的任务后，坦斯庄开始千方百计为庄伟大和动物们"催肥"。她不惜血本，提供了雷格尔星上的各种"美食"，甚至包括昂贵的蚊子馅饼——那可是连她自己都很少吃到的，但是，庄伟大和动物们始终非常排斥宛兹人的食物——尤其是在知道发胖后会被吃掉的情况下。

"你们到底想吃什么？"坦斯庄把蚊子馅饼扔进自己嘴里，不满地问道，"你们太挑剔了！"

"我不饿，"庄伟大摇着头说，"什么都不想吃。"

"我得了厌食症。"长颈鹿叹息着说，"对什么都没有胃口。"

"我正在减肥，"河马煞有介事地说，"我要保持身材，不能半途而废。"

……

"哼，别以为不吃东西就能解决问题，我有办法对付你们！"坦斯庄"咕噜"一声，将蚊子馅饼一口咽下，用绿色的长舌

开普勒452b星惊险之旅

头舔了舔嘴唇,"我要用管子插进你们的喉咙,把营养液输进去!到时候你们想不胖都不可能!"

"不,我们不要被插管子,我们不要被'填鸭'!"动物们惊恐地大叫道,"你不能这样对待我们!"

"再不吃东西,就只能这么做!哼,你们好好想想吧,到时候可别怪我不客气!"坦斯庄说完,打了两个响亮的饱嗝——大量蚊子卵从嘴里飞了出来,跟空气摩擦后变成了小蚊子,弄得满房间都是。

"看来这次是必死无疑了,你把我吃掉吧,"坦斯庄离开房间后,梅花鹿流着眼泪对一只老狼说,"在地球时,你不是一直千方百计想要吃掉我的吗?"

"我们现在是同病相怜的兄弟,我怎么舍得吃掉你呢?"老狼眼泪汪汪地说,和梅花鹿紧紧拥抱在了一起。其他动物也都拥抱在一起,呜咽成了一片。

"喂,你们怎么了?我们还没到走投无路的时候,知道吗?"庄伟大振作起精神,大声说道,"不要这么颓废!有件事我还没来得及告诉你们,庄斯坦已经到达这个星球了!"

"庄斯坦是谁?"水獭擦干眼泪,问道,"谁是庄斯坦?"

"庄斯坦是我的宝贝孙子,是个科学天才,他有能力救我们出去!"

"有人能救我们出去?"

"真的吗?"

"庄斯坦真那么厉害吗?"

第二十四章 给庄伟大和动物们催肥

动物们停止哭泣,七嘴八舌地说道。

"相信我,我了解庄斯坦的本领,"庄伟大信誓旦旦地说,"他一定能做到的,你们放心好了。"

庄伟大的话起到了作用,动物们渐渐平静了下来,不那么消沉了。为了能继续生存下去,避免被"填鸭",庄伟大和动物们开始吃东西,但并没有吃太多。

看到庄伟大和动物们开始进食,坦斯庄终于长舒了一口气。实际上,坦斯庄这段时间过得并不开心。自从对"挖掘机先生"一见钟情之后,她一度患上了相思病,两个脑子总是乱七八糟的,都快变成两团浆糊,搅和到一起了。

一天,坦斯庄终于控制不住自己,主动跟庄伟大攀谈起来:"喂,地球人,我想向你打听另一个地球人,不知道你认识不认识?"

"说说看,他叫什么名字?"庄伟大好奇地瞥了坦斯庄一眼,不知道这个怪模怪样的外星人想向自己打听谁。

"我不知道他叫什么名字,"由于情绪激动,血液上涌,坦斯庄的脸蛋绿得像个大青萝卜,"上次跟爷爷去地球时,我跟他见过一面,只见过这一面而已。"

"那他长什么样子呢?"

"他的样子嘛……他身体很结实,很强壮,皮肤是金黄色的,有黑色的纹身,可以说是相貌堂堂,一表人才,对了,他有四个轮子,四个很漂亮的轮子。"坦斯庄所说的"纹身"其实是机器上的品牌Logo。

"有四个轮子？她说的不会是小汽车吧？"庄伟大心想，"还有吗？还有别的什么特征吗？"他追问道。

"他的脑袋是四方形的，充满阳刚气息，他的眼睛闪闪发光，像星星一样闪亮。"坦斯庄一边说着一边露出痴迷的表情，"虽然只有一条手臂、一只手，但是力气很大，能从地上抓起好大一块石头或是好大一把土。"

"哦，原来是挖掘机啊。"庄伟大差点没笑出声来。"我知道你说的是谁了，"庄伟大装出一副一本正经的样子说，"他的确个非常优秀的小伙子！"

"你认识他？"坦斯庄独眼瞪得大大的。

"何止是认识，我们还很熟悉呢。"

庄伟大决定跟坦斯庄开开玩笑，于是天马行空地胡编了起来：他跟挖掘机的爸爸是好朋友，是看着挖掘机长大的，挖掘机小时候就非常可爱，但是身体非常瘦弱，当时他只有玩具车那么大，小货车小巴士都要比他强壮得多。因为身体瘦弱，小挖掘机经常受到小货车小巴士的嘲笑和欺负。后来，在他的鼓励下，小挖掘机开始努力锻炼身体，功夫不负有心人，长大之后，终于脱胎换骨，变成了一个粗犷豪迈的男子汉……

坦斯庄本来就很愚蠢，陷入爱河后更是变成了彻头彻尾的大傻瓜。她对庄伟大的话竟然全部信以为真。"那你知道他喜欢吃什么吗？"她意犹未尽地问道。

"他不吃东西。"

"不吃东西？"

第二十四章　给庄伟大和动物们催肥

"是的,他只喝一种叫作汽油的饮料,"庄伟大说,"这种饮料是他最主要的能量来源,要是不喝的话,他连动都动不了。"

"只喝饮料,能有力气吗?"

"当然有力气,而且力气大得很呢!他最擅长的就是挖掘沙土,连干上几天几夜,都不觉得累!"

"他比我想象的还要棒。"坦斯庄透过高大的落地窗,望着遥远的星空,幽幽地说。

"没错,"庄伟大看着坦斯庄的样子,强忍住笑,"确实如此。"

"对了,他叫什么名字?"

"挖掘机。他叫挖掘机。"

第二十五章
冲出血汗工厂

庄斯坦以机器怪70359的身份,将工厂内的情况调查得十分彻底。于是他按照原定计划,开始准备进行下一步行动。

有一次,庄斯坦在走过一座厂房时,看到一个巨人正在接受鞭刑。庄斯坦知道这个巨人,他叫阿番,因为身材格外高大——比其他巨人还要高大许多——在工厂里是很有名的。

可怕的伤口像一条条黑色的蜈蚣一样,已经布满阿番的全身,看上去触目惊心。而机器怪还在挥舞着长满尖刺的藤条,凶狠地抽打着他:"该死的家伙,让你不认罪!让你嘴硬!"

藤条因为沾染上巨人黑色的血液而兴奋不已,不断尖声怂恿:"打啊,打啊,不要停下来……"

"我没做错什么,没有……"阿番虚弱地说,"我不需要认罪……"

"你干活偷懒,还偷东西!"机器怪喘着粗气大声骂道,"还敢说没做错什么?"

第二十五章 冲出血汗工厂

"我们巨人根本不会偷懒,更不会偷东西!"阿番慢慢抬起头,勇敢地说。

"算了吧,算了吧,巨人都是天生的贱骨头!"藤条一边品尝着巨人黑色的血液,一边冷笑着说,"只有狠狠抽打他们,他们才肯说实话!"

"对,根本不用跟他废话。"机器怪听信藤条的谗言,又开始不顾阿番的死活,疯狂地抽打起来。

"哦,打得好,这下打得太带劲了……哦,这下一点力气都没有,是在给他挠痒痒吗……"随着藤条不停煽风点火,机器怪下手越来越狠。

庄斯坦怒火中烧,真想马上冲过去把阿番救出来,但是,此时有许多机器怪在附近巡逻,无疑时机未到。

正当庄斯坦努力控制住自己时,行刑的机器怪看到了他,竟喘着粗气,挥手招呼他过去。

"难道我露出了什么马脚?让它发现了?"庄斯坦心头一震,握紧拳头,做好了应对最糟糕局面的准备。

"70359,你继续教训阿番,我去加些润滑油。"机器怪伸出由于反复抽打阿番而"吱呀"作响的胳膊,将藤条递给了庄斯坦。

"原来如此。"庄斯坦望着机器怪的背影长舒了一口气。

"来吧,来吧,不要浪费时间了!"藤条在庄斯坦手里像水蛇一样摇摆,尖着嗓子叫道,"狠狠抽打这个该死的巨人!70359,来吧!"

"你还不认罪吗?阿番。"庄斯坦用机器怪的声音问道。

开普勒452b星惊险之旅

阿番浑身的伤口流着浓黑的血液,头上的触角不断抽搐着,一百多个眼球充满了血丝,但是,他仍高昂着头,不肯妥协。

"阿番虽然带着伤,但是身体强壮,意志顽强,做我的帮手再合适不过了。"庄斯坦心里盘算着。

这时,一个巨人队伍走了过来。队伍里有十多个巨人,全都戴着沉重的手铐和脚镣,身上伤痕累累。几个机器怪监工走在队伍两边,不断催促咒骂着。哪个巨人稍稍走得慢点,机器怪监工就跑过去,狠狠抽上几藤条。

"阿番……阿番……你们不要打我的阿番啊……"一个女巨人突然在队伍里大声哭喊起来。

"回到队伍里去!蠢东西!回去!"两个机器怪监工拦住女巨人,用藤条对其猛抽。

"你们不要打我妈妈!要打就打我好了!"阿番奋力挣扎着,声嘶力竭地吼道,一百多个眼球可怕地大睁着,像要崩裂开似的。

在机器怪监工的逼迫下,阿番妈妈到底还是跟着队伍走了,她哭泣着,嘴里不住地嘟哝着阿番的名字,不时绝望地回头望上一眼。

阿番失声痛哭,全身的伤口随着哭声一张一合,巨大的身体轻轻摇晃着,看上去非常可怜。

"喂,有什么好看的?"见庄斯坦迟迟不愿动手,藤条尖声大叫道,"70359!你还在等什么?"

"是时候了。"庄斯坦见周围既没有机器怪也没有宛兹人,禁不住轻声说。

第二十五章 冲出血汗工厂

"你说什么?你说什么?"藤条在半空中停住,诧异地叫道,"什么'是时候了'?"

藤条突然明白了过来,激烈地颤抖着,扯着嗓子大叫起来:"快来人啊!快来人啊,出事了……"

藤条还没喊完,就被庄斯坦狠狠折成两段,扔到了地上。两段藤条扭动着,呻吟着,顺着墙角飞快地逃走了。

庄斯坦用铁手扯断捆绑阿番的铁链,掰开手铐,砸碎脚镣。阿番嘴唇哆嗦着,惊讶地看着眼前的机器怪,不明白它为什么要这么做。

"嘿,阿番,我不是真的机器怪,"庄斯坦打开70359的胸腔,探出头来,大声说,"我是来帮你们从这里逃出去的!"

阿番见到庄斯坦,竟吓了一跳,因为这太出乎意料了。由于过于激动,他有些结巴起来:"可是,可是……这能行吗?"

"肯定能行的,要有信心,山上的巨人们会来支援我们的。"庄斯坦大声说,"抓紧时间,快去解救其他巨人!我们分头行动!"

"明白了,我现在就去!"阿番迈开大步,向一座厂房跑去。庄斯坦缩回70359的胸腔,向另一座厂房跑去。

厂房里,巨人们仍像往常一样辛苦地劳作着。几个机器怪监工正在监督,不时举起藤条恐吓两句。阿番突然像猛兽一样冲了进来,以迅雷不及掩耳之势将几个机器怪监工打倒。

"兄弟们,反抗的时候到了!"阿番举起拳头,大吼道,"山上的兄弟会来接应我们的!还等什么?我们现在冲出去!"

 开普勒452b星惊险之旅

过了半晌,巨人们才猛醒过来。压抑已久的血性随之爆发出来了。他们大声呼喊着,踏过被打倒的机器怪监工,跟随阿番冲出了厂房,先是与庄斯坦刚解救出的巨人们会合,然后又分成几路,向其他厂房发起猛攻。而稍早之前,两段藤条已经钻到司令办公室告密去了。

"报告。"较长的一段藤条叫道。"司令。"较短的一段藤条叫道。

"什么事?"宛兹司令不高兴地抬起头来。宛兹司令是个小老头,留着绿色的胡须,看上去就像一把韭菜。

"出事了。"较长的一段藤条叫道。"出大事了。"较短的一段藤条补充道。

"到底出什么大事了?快说!"宛兹司令失去了耐心,愤怒地一拍桌子,整个房间随之一震,两段藤条被震得跳了起来。

两段藤条终于找到了合适的表达方式——你说一句,我说一句,把话连接起来:"一个"——"机器怪"——"把我折成了两段,"——"放走了巨人阿番。"

"机器怪放走了巨人阿番?"

"是的,"——"司令。"

"怎么可能?"

这时,传来急促的敲门声。

"进来。"

门开了,两个宛兹军官心急火燎地走了进来。宛兹军官的轮子上都戴有金属制成的套子。两段藤条怕被轧扁,急忙躲到一边

第二十五章 冲出血汗工厂

去了。

"报告司令,工厂发生了暴动。"

当宛兹司令将视线转向窗外时,双方的争斗已经进一步激化。巨人们在厂房内外向机器怪发动进攻。一些地方发生混战,喊杀声响成一片。

"一定要控制住局面!"宛兹司令气得胡子乱颤,使劲捶着桌子,"一定要控制住局面!"

斗争仍在继续,巨人们用抢夺来的武器攻击机器怪。世世代代郁积的怒火,让他们下手凶狠,毫不留情。部分厂房被点燃,冒出了滚滚浓烟。几个巨人甚至攻到了工厂门口,一个跛脚的老巨人用一个巨大的铁榔头猛砸门上的铁锁,其他几个巨人负责掩护。

"集中兵力,把工厂大门夺回来!绝不能放他们出去!"宛兹司令一边用望远镜查看情况,一边气急败坏地命令道。

"那个家伙是谁?怎么打自己人?"宛兹司令突然看到一个机器怪竟站在巨人们一边,跟其他机器怪打斗,"查下它的编号!"

"报告,那个机器怪的编码是70359。"一个宛兹军官用记录仪捕捉到了数据,"不过,仪器显示,70359应该正在检修中心修理。"

"就是它,"——"70359,"——"没错,"——"就是它把我折成两段,"——"救出了巨人阿番。"两段藤条又从墙角冒了出来,尖声说道。

巨人们已经冲到了办公楼附近,越战越勇,机器怪们只能勉强招架。宛兹司令迫于无奈,使出了杀手锏,打开武器库,取出一批

开普勒452b星惊险之旅

万能枪武装机器怪——万能枪攻击力强大,但向来只有将军以上级别的宛兹军官才能配备。

机器怪们利用万能枪的威力,向巨人们发起了反攻。巨人们虽然勇猛,但是在武器上相差太多,所以刚刚建立起来的优势很快消失殆尽。

形势急转直下,那几个巨人还没等砸开铁门就被迫放弃了。巨人们像热锅里的最后一点水,占领的范围越来越小,最后聚拢在了一个墙角,只能勉强支撑。

工厂的外墙足有两米厚,几十米高,上面爬满了带刺的藤类植物——作为刑具的藤条就产自这里。这些藤类植物邪恶极了,最会见风使舵。巨人们占据上风时,它们拼命叫好,夸赞他们是争取自由的大英雄;等到形势逆转,机器怪们重新掌握局势后,它们又开始辱骂巨人们,说他们不自量力,自取灭亡。

藤类植物认定巨人们大势已去,叫骂得越来越凶了,还不时伸出长长的藤蔓,试图缠住巨人们的脚脖子,让他们摔个大跟头,以便讨好尊贵的宛兹人,救赎自己刚才短暂的"背叛"。

宛兹司令并不想跟巨人们闹得太僵。必须承认,巨人们都是极好的工人,尚且没有其他物种可以替代。工厂以后还需要运转,还需要巨人们干活,而每战死一个巨人就少了一个劳动力。所以,最好的结果就是讲和。

"投降吧,巨人们,你们已经无路可退了!现在投降,还可以获得宽大处理!否则只有死路一条!"一个宛兹军官按照司令的指示,用扩音器呼喊。

第二十五章 冲出血汗工厂

"兄弟姐妹们,我们世世代代在这里流血流汗,受尽了屈辱和虐待!"阿番用低沉的嗓音怒吼,对抗宛兹人的宣传攻势,"宛兹人从来没把我们当人看!今天就是战死,也绝不投降!"

"就是战死,也绝不投降!就是战死,也绝不投降!"巨人们抱定了必死的决心,齐声怒吼道。

宛兹人认为时间对他们有利,所以并不着急。他们将巨人们围在墙角,耐心地消耗着他们。而巨人们则以阿番为中心,严阵以待,随时准备进行反扑。双方就这样僵持了下来。

庄斯坦现在在哪?他也在包围圈里吗?不,庄斯坦不在包围圈里。在刚才的混战中,十几个机器怪一起围攻庄斯坦,但都被他甩掉了。此时,庄斯坦已跑到了工厂偏僻处,拿出视频对讲机,跟山上的巨人们联络,让他们立即下山支援。

山上的巨人们一直关注着工厂里的战事,早就摩拳擦掌跃跃欲试了,然而,当他们拿着自制的武器冲下山来时,却被高大的外墙挡住了,想要爬过去,又遭到带刺藤蔓的阻拦和痛击,一个个气得哇哇大叫,无计可施。

其实一切都在庄斯坦预料之中,他按照原定计划,来到鱼形飞船附近,以最快的速度将70359恢复成自动程序,并设定好指令,然后打开"胸腔"跳了出去,躲藏了起来。

70359按照新设定的指令,走到鱼形飞船跟前,向机器守卫们进行挑衅,机器怪守卫们遏制不住怒火,跑过去追它。就这样,庄斯坦抓住机会,溜进了鱼形飞船。

在庄斯坦的驾驶下,鱼形飞船腾空而起。经过工厂上空时,庄

斯坦找准位置,扔下两枚炸弹。"轰隆""轰隆"两声巨响,工厂的围墙被炸出两个大大的缺口,上面的藤类植物被炸得七零八落。

这下可有好戏看了,工厂里的巨人和山上的巨人汇合到了一起,击退了宛兹人和机器怪的围攻,从围墙的缺口势不可当地冲了出去……

第二十六章
宛兹人的神秘武器

宛兹司令本以为危机已经解除，胜利已经在握，没想到竟会形势突变。他气得发疯了一般，大吼大叫着，将办公室砸了个稀巴烂。两段藤条躲闪不及，被宛兹司令带着金属箍的肉轮轧成了齑粉。

唯一值得欣慰的是，"叛徒"70359被捉了回来。检查之后发现，70359曾被改造过——而且改造的人一定是个天才，否则不会设计得如此巧妙。

"那个家伙现在就在鱼形飞船上，而鱼形飞船的路线是事先设定好的，半个小时后就将抵达大本营。"宛兹司令的绿胡子猛烈颤抖着，有气无力地坐到了椅子上。

几分钟后，宛兹司令终于鼓起勇气，拿起电话，向大伟庄作汇报。他一边汇报着，一边打着哆嗦，因为他知道，等待他的注定是一场"暴风骤雨"。

不出所料，大伟庄听完汇报后，果然火冒三丈地大吼起来："你说什么？巨人们全都从工厂逃了出去？还有敌人潜入鱼

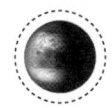

形飞船？"

"是的，大人，而且鱼形飞船马上就要到达大本营了，请大人务必提高警惕。"宛兹司令带着哭腔说，下巴上的绿胡子由于过度焦虑渐渐变得枯黄了。

"你这个该死的家伙！当初就不该把工厂交给你这个饭桶！"大伟庄气得够呛，独眼变得像个不断抽动的青柿子，整个身体则绿莹莹的，膨胀了不少。

"大人，我知道……我知道我有不可推卸的责任。"宛兹司令哽咽着说，"我愿意接受任何惩罚……听凭您的发落……"

"你就等着被撕成碎片，撒进我的燕麦粥里吧！"大伟庄猛地喷出一串绿色的火蛇，幸亏稍稍偏了一点，不然手里的电话都被烧掉了。

坦斯庄在旁边害怕地看着爷爷，很担心爷爷又会气炸掉。大伟庄以前气炸过，碎成了好多块，是坦斯庄一块一块缝合起来的。幸亏大伟庄细胞生命力强大又活跃，恢复得快，没留下太多疤痕。

"鱼形飞船里的家伙到底是谁呢？竟然有这么大的本事？"挂断电话后，大伟庄转动肉轮，来回地滚着，火气慢慢降了下来。

"不会还是那个地球小子吧，爷爷？不是一直没找到他吗！"坦斯庄想了想，大声说，"我觉得地球小子没那么容易死！"

"对呀，我怎么把地球小子忘了，没错，一定就是他！可是现在怎么办？鱼形飞船就要到大本营了！"大伟庄用两个大脑拼命思索着，小小的独眼在脸上不停地游走。

"去取雷蛙！"大伟庄突然拿定主意，咬牙切齿地说，"这

第二十六章　宛兹人的神秘武器

次，我要让他从雷格尔星上彻底消失！"

雷蛙生活在雷格尔星地下阴暗潮湿的洞穴里，身体又湿又滑；雷蛙不膨胀时，完全是黑色的，膨胀起来后，背后会出现红色的纹路，形成类似魔鬼的图案，因此又被叫作鬼蛙。

雷蛙的化学成分非常特殊，是一种纯天然的炸弹。发射方法则很简单，只要把它翻转过来，按特定节奏抚摸肚皮，肚皮就会开始膨胀，膨胀到一定程度后，迅速放手，雷蛙就会像导弹一样发射出去，并在接触目标的一刹那发生爆炸。

雷蛙看似不起眼，爆炸威力却不容小觑。一般来说，个头越大的雷蛙威力越强。一公斤重的雷蛙，爆炸当量相当于一吨TNT炸药，以此类推，五公斤重的雷蛙完全可以炸掉一座大山。

发射雷蛙，虽然方法简单，实际上却需要非常高超的技巧。弄不好的话，不但炸不掉目标，还容易炸到自己。坦斯庄从小就喜欢摆弄雷蛙，经验十分丰富，所以大伟庄每次用雷蛙炸弹时，都会让她上阵。不过，坦斯庄也有失手的时候，有一次，要用一只小雷蛙炸开一枚巨型干果，坦斯庄过于大意，没注意到那只小雷蛙有胆囊炎，结果爆炸提前发生，把她的半边脸炸没了，幸亏后来那半边脸又慢慢长了出来。

坦斯庄接到任务后，感到很兴奋。因为，对她来说，炸毁的目标越大就越刺激。她快步走进自己装饰怪异的卧室，爬到床底下抓到一只雷蛙。她的雷蛙都养在床底下，一共有两百多只。这只足有二十公斤重，是其中最大的一只。为了做到万无一失，坦斯庄还特地为它做了体检，结果显示，非常健康，完全符合发射

开普勒452b星惊险之旅

条件。

坦斯庄将雷蛙放在发射架上,瞄准逐渐在天边出现的鱼形飞船,开始有节奏地抚摸雷蛙的肚皮,雷蛙的肚皮越来越大,越来越大……隔壁的铁笼里,庄伟大大喊大叫起来,想要破坏"发射",动物们也跟着起哄,但雷蛙此时已进入一种特殊状态,半眯着眼睛,紧闭着嘴,对外界毫无感知。

雷蛙的肚皮仍在膨胀,一米……一米半……两米……此时的爆炸当量已接近于一颗原子弹,完全可以将大本营夷为平地。"坦斯庄,可以了吧?"连大伟庄看到这一幕都心惊胆战起来了,心想万一被炸成齑粉,可是连缝合起来的机会都没有了。

"不用担心,爷爷。"坦斯庄自信地笑了笑,直到雷蛙肚皮的直径达到了两米半,才猛地放手,雷蛙"唰"地射了出去。

早在出发前,庄斯坦就预料到大本营可能提前得到消息。为了避免遭到突袭,他拿起放在卫生间杂物架上的高科技仿生苍蝇镜,戴在自己的眼睛上。戴上这种眼镜,就能获得跟苍蝇同样的视觉能力——一切都会产生慢放的效果。鱼形飞船飞行了一段距离之后,庄斯坦突然看到一个圆滚滚的东西飞了过来,于是快速调整苍蝇镜的远视功能,发现那是一只红黑相间的大青蛙。它肚皮膨胀,双目紧闭,带着副视死如归的表情。

"那一定是敌人发射的武器,必须马上逃生。"直觉告诉庄斯坦。没时间犹豫了,他立即抓起一把降落伞,打开舱门,跳了下去。

降落伞刚在几百米外打开,身后就传来一声巨响,鱼形飞船被

第二十六章　宛兹人的神秘武器

炸得支离破碎,犹如在空中绽开一朵巨大的礼花。

跟那朵"礼花"相比,降落伞实在是太不起眼了,大伟庄和坦斯庄根本没注意到。他们以为地球小子已经跟鱼形飞船一起完蛋了,于是高兴地跳起了庆祝的舞蹈——说实话,那舞蹈实在是太难看了。

第二十七章
"话痨"多叶树

庄斯坦凭借降落伞的力量,缓缓降落在一个沙漠里。"庄斯坦,庄斯坦,你没事吧?"黄绿在视频对讲机里紧张地大叫道。

"我没事,黄绿,"庄斯坦解下降落伞,气喘吁吁地说,"马上驾驶卫生间飞船来沙漠找我。"

"庄斯坦,告诉你个坏消息,"黄绿停顿了几秒,胆怯地小声说,"巨人们逃出工厂后,喝了太多的酒,他们又唱又跳的,结果不小心把卫生间飞船弄坏了。"黄绿说完,将对讲机的镜头转向巨人们,果然,巨人们拿着酒瓶追逐打闹着,俨然是一群失去清醒意识的酒鬼。

"庄斯坦,"巨人爸爸摇摇晃晃地走到镜头前,做了个鬼脸,然后醉醺醺地说,"对……对不起,他们不小心把你的飞船弄……弄坏了……"巨人爸爸仰着脖子喝了一大口酒,又去狂欢了。"不小心"弄坏了飞船对他们来说可不就是小事一桩嘛,庆祝获得自由才是最重要的。

第二十七章 "话痨"多叶树

庄斯坦摇了摇头,无奈地叹了口气,嘱咐黄绿一定要抓紧时间修好卫生间飞船,遇到什么问题,可以用视频对讲机跟他联络。

"让巨人们离我的飞船远点,我帮助他们重获了自由,他们可不该这么回报我。"由于情绪急躁,他说话有些尖刻了。

麻烦真是接二连三,庄斯坦挂断视频对讲机,刚要将降落伞收起来,一个尖细刺耳的声音在耳边响了起来:"喂,够了!把脚移开,还有完没完!"

"谁在说话?"庄斯坦吓了一跳。

"你难道看不到我吗?你已经踩在我身上好一会儿了!"

庄斯坦低头一看,发现自己踩在一棵树上。那棵树是被砍断的,平躺着,半嵌在黄沙里。颜色又与黄沙接近,所以不容易注意到。

"哼,居然站在我的身上打电话,实在是太过分了!"那棵树主干很长,枝条很细,叶片又小又圆,嘴巴就是一个不大的树洞,说话的时候不停变化着形状,看上去很是滑稽。

"哦,对不起,我刚才真的没注意到你。"庄斯坦急忙移开脚,站到沙地上。

"哼,说声对不起就算了吗?我被踩得很痛,知道吗?"

"好啦,好啦,宽容一点,不要得理不饶人。"一个苍老的声音插嘴道。

声音苍老的树就躺在不远处,也是半嵌在黄沙里,事实上,周围有许多同样的树,横七竖八地躺在那里,几乎与沙漠融为一体。

"陌生人,你从哪里来?你的样子看上去很特别。"声音苍老

开普勒452b星惊险之旅

的树问道。

"您没看到吗?他是从天上掉下来的,"声音尖细的树说,"没有我接着,他早就摔死了。"

"不对吧,我明明看到,他是由一只'气球'带着,轻轻落在你身上的,"声音苍老的树回应道,"即使没有你,他也不会摔死的。"

庄斯坦经过与这些树的交流才知道,这些树叫多叶树,也叫不死树,寿命极长,可以活到五十万年以上。多叶树的生命力非常顽强,身体像胶皮一样坚韧,即使被拦腰砍断,仍可以用截面上的细胞吸收空气中的水分,维持生命。

多叶树原本生长在一个叫作斯湃恩的星球上,大伟庄带领宛兹部队占领斯湃恩星后,为它们超长的寿命和顽强的生命力而感到震惊。他认为研究它们的基因,或许有助于研发长生不死药,于是就带了几棵回雷格尔星,栽种在大本营周围。但后来发现,多叶树的基因跟宛兹人的基因差异太大,根本不可能研制出任何对宛兹人有用的药物。

多叶树们来到雷格尔星后,表现出另一种意想不到的特质——超强的繁殖力,很快从几棵变为几百棵,从几百棵变为几千棵;而且无一例外,全都是可怕的话痨,一天到晚说个不停;到了特定的季节,种子飘散得到处都是,散发出一股劣质香水的难闻味道,让宛兹人喘不过气来。大伟庄实在忍无可忍,才下达命令,将它们全部砍掉,扔到沙漠深处去的。

"哦,我听说过地球,那是颗美丽的蔚蓝色的星球。"庄斯坦

第二十七章 "话痨"多叶树

讲述完自己的经历后，老多叶树情绪很激动，"三万年前，我还试过把自己的种子播撒过去，可惜没有成功。因为斯湃恩星离地球实在是太远了。"老多叶树叹息了一番，又同情地说："我们和你爷爷一样，也是被宛兹族人绑架来的，这也算是同病相怜呢。"

"我们不但被绑架，还受到了残害，变成了残疾树。"一棵嗓音嘶哑的多叶树咳嗽了一声，插嘴道，"不知道你的爷爷会不会也遇到同样的命运，要是那样，他可就惨喽！"

"为什么要说这些？没看到吗？他很担心爷爷的。"老多叶树大声说，然后转向庄斯坦，安慰道："放心好了，你已经闯过这么多难关了，一定能救出爷爷的！你不是要找宛兹人的大本营吗？宛兹人的大本营就在这个沙漠里！"

"这里就是孔斯蒂图大沙漠？"庄斯坦愣了一下，惊喜地叫道。

"没错，这里就是孔斯蒂图大沙漠。"

"那……您知道宛兹人的大本营在哪吗？"

"知道，"老多叶树先是想了想，然后得意地说，"我还可以帮你引路呢，你只要把我带上就行了。"

庄斯坦高兴得差点跳起来："太好了，我该怎么感谢您呢？"

"不用谢我，"老多叶树笑着说，"帮助你的同时，也在帮助我自己。我们的树根都留在大本营了，但是，你看到了，我们没办法走路，没法将树根找回来。只要你把我带到大本营，我就可以找到我们的树根了！"

"哼，说得倒轻巧，"声音尖细的多叶树不屑地说，"回大本

营哪有那么简单？离得那么远，路那么难走，而且还可能什么都看不到！"

"什么都看不到？"庄斯坦疑惑地问老多叶树，"这是什么意思？"

"大本营平时的确是看不到的。"老多叶树答道，"宛兹人在宇宙中树敌太多，害怕遭到偷袭，所以对大本营做了高科技处理，平时让它处于隐身状态。"

"那我们怎么找到它呢？"

"放心，大本营每月都要现身一小时，以便补充能量。"老多叶树说，"而且，即使处于隐身状态，我也可以通过地形找到它，我在大本营生活多年，对那里再熟悉不过了。"

"地球人，你真的要去吗？希望你不会被抓到。"一棵身上带斑点的多叶树冷笑着说，"宛兹人邪恶极了，他们爱吃肉，甚至连同类的肉都吃，想想看吧！"

"喂，你们为什么都泼冷水？你们还想不想要自己的树根了？"老多叶树不满地大叫道，然后，低声对庄斯坦说："别理那些傻瓜，它们被困太久失去了斗志，无论对自己，还是对别人，都缺少信心。"

庄斯坦表示自己为了救回爷爷充满信心，而且不畏惧任何困难。老多叶树听了很高兴，点头表示赞赏。庄斯坦急着去救爷爷，正要问老多叶树什么时候出发时，肚子突然"咕咕"地叫了起来。

"喂，这是什么声音？"一棵小多叶树凑过来，好奇地问道。

"可能是因为我太饿了，"庄斯坦有些不好意思，"所以肚子

第二十七章 "话痨"多叶树

叫了。"

"饿？什么是饿？"

"饿就是……"

向一棵树解释什么是"饿"，还真不是件容易的事情。

第二十八章
外星沙漠求生记

跟地球上的沙漠相比，开普勒452b星上的沙漠更有生机一些，可吃的东西也更多一些。在多叶树们的指导下，庄斯坦很快就找到了食物。

他在沙子里挖到一些类似蛤蜊的贝类，可以生吃，味道不错；挖到一些肥胖的沙虫，吃起来有些像鸡肉，稍稍有些苦味，但口感很好；大米粒大小的蚂蚁卵，晶莹剔透，呈金黄色，味道像鱼子酱，鲜美好吃；……

还挖到一枚橄榄球大小的鸟蛋，鸟蛋的壳呈深绿色，带着美丽的花纹，很像精美的瓷器，据说这是飞箭鸟的蛋，在黄沙里埋上六个月后，会一次性孵化出十只左右的小飞箭鸟。

"飞箭鸟本身只有十多斤重，却产下了二十多斤重的蛋，这也算是个奇迹。"老多叶树说。

"飞箭鸟妈妈呢？飞箭鸟妈妈在哪？"庄斯坦观察着鸟蛋，好奇地问。

第二十八章　外星沙漠求生记

"产下鸟蛋之后，飞箭鸟妈妈体内的能量就耗尽了，"老多叶树叹息着说，"它们会用最后一点力气，将鸟蛋埋到黄沙里，然后飞到远处慢慢死去。"

老多叶树建议庄斯坦在晒得滚烫的石头上烙个蛋饼，说这种蛋饼不但味道鲜美，而且足够吃上三天。不过，庄斯坦没这样做，而是将鸟蛋埋回到了原处。这枚鸟蛋是飞箭鸟妈妈用生命换来的，他不忍心吃掉。

庄斯坦用其他食物倒也填饱了肚子，只是，尽管用视频对讲机指导，卫生间飞船还是迟迟没能修好。其实这也很正常，黄绿不过是只普通的小豹猫而已，无论有多聪明，技术也是有限的，不可能跟得上庄斯坦的思路。

雪上加霜的是，庄斯坦在一次寻找食物时，左臂不小心被一只黑色爬虫咬伤了。回来时，左臂已经肿了一大圈，看上去像只粗大的莲藕。

"那只虫子是有毒的，你看，不但肿起来了，而且发青发紫。"老多叶树查看完庄斯坦的伤情后，摇了摇头，"恐怕要做手术，把受伤的手臂切掉哦，否则会把命都搭上。"

"还有其他办法吗？"庄斯坦慌了神，"要是失掉左臂，就更难救出爷爷了！"

"其他办法嘛，我想想……"老多叶树沉思了一会儿，突然精神一震，"还真有一个。"

"什么办法？快告诉我！"

"去找角蜂。"

 开普勒452b星惊险之旅

"角蜂?"

"对。"

老多叶树告诉庄斯坦,孔斯蒂图大沙漠里有一种头部呈三角形的野蜂,名叫角蜂。角蜂体形巨大,性情凶猛,攻击力比地球上的蜜蜂要大得多。地球上的蜜蜂刺伤敌人之后,蜂刺会脱落,失去生命;而角蜂不会,它们的蜂刺坚固结实,可以用上成千上万次。

沙漠里植被有限,花朵稀少,角蜂靠什么生存呢?角蜂的食物主要是在空中迁徙的灵秀花。灵秀花这种植物也具有动植物混杂特性。它们本来生长在海洋深处,经过亿万年的进化后,一到临近寒冷的季节(此时,它们正好绽放到极致),就会扇动新长出的"翅膀",脱离大海,向温暖地带迁徙。

"到了灵秀花满天飞舞的季节,那时的天空,实在是太美了!"老多叶树陶醉地说,"当它们飞过孔斯蒂图大沙漠时,就全部属于角蜂们了,角蜂们为灵秀花花蜜而疯狂!"

"又扯远了,你看,我们多叶树总是管不住自己的嘴,"老多叶树自嘲地笑了笑,接着说道,"角蜂的蜂巢是解毒灵药,只要取来一些,吃下去,保证会让你体内的毒素彻底消失,所以要想保住手臂,就快去找角蜂们吧。"

"老多叶树,角蜂们住在哪里?"庄斯坦强忍剧痛,着急地问道。

"向我指的方向走七公里,会看到一个翠绿色的大峡谷,峡谷的岩壁上有一块黄色大石头,大石头的下面有一个山洞,角蜂们就住在那个山洞里。"

第二十八章 外星沙漠求生记

"可是,它们会把蜂巢给我吗?"庄斯坦听说角蜂如此凶猛,不免有些担心。

"你完全可以放心,角蜂们现在根本不在家,"老多叶树笑着说,"这个季节没有灵秀花,角蜂们都到地下采蜜去了。"

"到地下采蜜?地下怎么会有蜜呢?"

"当然有啦,在孔斯蒂图大沙漠地下两百公里处,有一个巨大的空间,那里有许多白色的石头,这种石头分泌的液体就是石蜜。石蜜虽然不如灵秀花蜜那么完美,但也别有风味哦。"老多叶树说,"角蜂们要想得到石蜜,还要大战一番呢,因为那里是六尾长毛人的地盘,不过角蜂们一向都能赢的!"

听完老多叶树的讲述后,庄斯坦不敢多耽搁,立即抱着受伤的手臂,向着大峡谷的方向进发了。

"哼,哪那么容易得到蜂巢,不死在那里就不错了。"带斑点的多叶树望着庄斯坦逐渐变小的背影,冷笑着说,"这个地球傻瓜居然相信了。"

"老多叶树总喜欢把事情说得很轻松!根本不管别人死活。"声音尖细的多叶树嘲弄地说。

"要想达成目标,不冒一点风险怎么行呢。"老多叶树咕哝了句,然后,长出了一口气,闭上眼睛,打起了瞌睡。

开普勒452b星惊险之旅

第二十九章
危机四伏的绿色大峡谷

庄斯坦强忍手臂上的巨痛顽强地走了七公里之后，眼前果然出现了一个绿色的大峡谷。大峡谷就像一只绿色的眼睛，镶嵌在沙漠深处，让人眼前一亮。走到近前，向峡谷下面望去，黑乎乎的一片，深不见底。峡谷内外植被茂盛，绿意盎然。

大峡谷是梯田状的，每层"梯田"都有几十亩，"梯田"与"梯田"上下相距几十米。

跟周围荒凉的沙漠相比，大峡谷里充满了生机和活力。"梯田"中的植物千姿百态，各层"梯田"中的表面景致也是不尽相同的，但每层"梯田"都险象环生。天空中，盘旋着几只叫声诡异的黑色大鸟，它们是从峡谷深处飞上来的。

黄色大石头的确存在，而且非常醒目，就在第三层"梯田"下面，庄斯坦必须想办法到达那里。第一层"梯田"和第二层"梯田"之间的断崖上长有许多灌木，上面纠缠着结实的藤类植物。庄斯坦用右手抓住灌木和藤类植物，左手作为辅助，很快降落到了第

第二十九章　危机四伏的绿色大峡谷

二层"梯田"。

第二层"梯田"和第三层"梯田"之间的断崖多是陡峭的岩石,光秃秃的,只有稀少的蛇状植物从石缝中生长出来。它们充满攻击性,总是试图缠住并绞死想降到第三层"梯田"的庄斯坦。庄斯坦为了躲开这些蛇状植物的攻击尝试了许多办法,但都以失败告终。

庄斯坦的左臂肿胀得更厉害了,每动一下,都感到钻心的刺痛。他想要休息一下。于是,他就咬着嘴唇,轻声呻吟着,在一棵树下慢慢躺了下来。

"下落到第三层'梯田'比登天还难,老多叶树把事情说得太容易了。"庄斯坦闭上眼睛,轻声嘀咕道,心情糟糕透了。

这时,耳边突然传来蹊跷的响动,庄斯坦睁开眼睛,定睛一看,发现从树枝上垂下一个苹果大小的黑色"绒球"。

"嘿,你好。""绒球"在半空中停下,伸出八只脚爪,打了个招呼。

"你好,你是……你是蜘蛛?"

"没错,我是蜘蛛,准确地说,是变色蜘蛛。"

一阵微风吹过,"绒球"随之摇荡起来,并变换颜色,荡到树木附近时是树木的颜色,荡到花草附近时是花草的颜色,荡到岩石附近时是岩石的颜色……风吹过去了,"绒球"渐渐停了下来,变为带有深色条纹的灰色,还有一只黄色的"眼睛"和一只绿色的"眼睛"。

"嘿,看我像谁?"

开普勒452b星惊险之旅

"你在模仿黄绿?"庄斯坦惊讶地叫道。

"没错。"

"你是怎么知道黄绿的?"

"我不但知道黄绿,还知道你,你来自地球,名叫庄斯坦,你的爷爷庄伟大被宛兹人绑架到了雷格尔星,你是来救他的……"变色蜘蛛说,"你的左臂在沙漠里被毒虫咬伤了,需要角蜂的蜂巢解毒,所以才会来这个大峡谷。"

庄斯坦愣在那里,多会儿才说出话来:"你是怎么知道这些的?"

"我有特异功能,能通过眼睛读到别人脑子里的东西。"变色蜘蛛得意地说,"庄斯坦,我知道你现在遇到了困难,没办法到达角蜂的巢穴,不过,请放心,我可以帮你!"

庄斯坦看着蜘蛛诡异的样子,突然觉得很可疑。"可是,你为什么帮我?"

"因为我心地善良,就这么简单。我不愿眼看着别人无辜地死去,尽管他是个外星人。"变色蜘蛛慢条斯理地说着,一直紧盯着庄斯坦的眼睛,"怎么不说话了?哦,我明白了,你不相信我!哈哈……来,看着我!"

变色蜘蛛突然变得透明起来,连五脏六腑都清晰可见,甚至能看到肠胃里一只消化掉一半的昆虫。"天啊!"庄斯坦觉得恶心,急忙扭过头看向别处。

"看到了吧,我对你毫无保留,完全是真诚的,"变色蜘蛛一边说着,一边恢复了原样,"而且,没有我的帮助,你永远到不了第三层'梯田'!现在除了我,没人能帮你!"

第二十九章　危机四伏的绿色大峡谷

"那你准备怎么帮助我呢？"庄斯坦皱着眉头，转过头来，好奇地问道。

"非常简单，用蛛丝把你放下去。"

"你的蛛丝那么细，怎么可能禁得住我？"庄斯坦轻轻笑了笑，表示怀疑。

"一根蛛丝的确禁不住，但要是成千上万根蛛丝的话，那就不一样了。"变色蜘蛛说罢，突然大喊一声："来！小的们！都出来吧！"

突然间，周围出现了大大小小许多黑色"绒球"。这些"绒球"一直都在那里，只不过颜色变得跟周围环境别无二样，将自己隐藏了起来，听到首领的召唤后，才肯现身。

"小的们！这位地球来的庄斯坦先生不幸被毒虫咬到了，需要一些蜂巢为自己疗伤，你们愿不愿意帮助他啊？"蜘蛛首领大声问道。

"我们愿意——"变色蜘蛛们齐声回应道。

"很好，"蜘蛛首领得意地说，"看到了吧？庄斯坦先生，怎么样？我们可以开始了吗？"

庄斯坦犹豫地咬着嘴唇，拿不定主意。不知为何，他还是觉得这些蜘蛛不可靠。

"庄斯坦先生，看来你还是不相信我，既然这样，那就算了，我不想勉强你。"蜘蛛首领遗憾地说道，然后转过身去，举起一条毛绒绒的前肢，似乎要带领手下们离开。

"慢着！"庄斯坦急忙阻止道。

开普勒452b星惊险之旅

"怎么?"蜘蛛首领慢慢转过头,举起的前肢仍未放下。

"我接受你们的帮助。"此时,庄斯坦的确已别无选择。

"很好,很好,你做了个非常英明的决定。"蜘蛛首领举起的前肢终于放了下来,"那我们抓紧时间,现在就开始行动!"

在蜘蛛首领的带领下,变色蜘蛛们飞快地吐出蛛丝,并将其缠绕在一起,一条粗大的"绳索"很快就编出来了。

蜘蛛首领亲自将"绳索"的一端绑在一棵大树上,使劲拽了拽,确认绑得足够牢固,然后,用力将"绳索"的另一端扔到了山崖下面。

"好了,庄斯坦先生,你可以下去了。"它说。

庄斯坦抓住"绳索",慢慢下落到黄色大石上。又顺着黄色大石边沿爬下去,来到下面的岩石突起处。洞口已是近在眼前,周围一片静寂,只有风儿吹拂树木枝叶的"沙沙"声。

"角蜂们果然不在。"庄斯坦见事情如此顺利,不由得感到一阵欣喜,"看来蜘蛛首领的确是一片好心,刚才不该怀疑它的。"

突然,传来一阵蹊跷的"嗡嗡"声,接着,一支箭一样的东西,"嗖"地从山洞里射了出来。幸亏庄斯坦反应敏捷,迅速躲开,没被射中。

那只"箭"又接连几次发动攻击,都被庄斯坦灵巧地躲开了。直到那只"箭"气喘吁吁地停在空中歇息,庄斯坦才得以看清它的真面目。那是一只老角蜂,大小跟海豚相近,头部呈三角形,浑身的筋肉紧绷着,尾端的蜂刺像一把锋利的长剑,闪着冷冽的寒光;半透明的翅膀带着些许破损,扇动时发出"扑啦啦"的响声。

第二十九章 危机四伏的绿色大峡谷

"从这里滚开!"翅膀破损的老角蜂眼睛里燃烧着怒火,粗声粗气地吼道。

"请不要误会,角蜂先生……我没有恶意……"庄斯坦非常惊慌,再向山崖上看时,蜘蛛们和绳索已经不见了。

"我说了,从这里滚开!"老角蜂根本没耐心听庄斯坦解释,拍动着破损的翅膀,开始再次展开攻击,一下比一下凶狠。

"停下来,停下来,角蜂先生……"庄斯坦跟老角蜂绕起了圈子。

老角蜂由于年纪的关系,转弯的时候不太自如,给了庄斯坦喘息之机,否则庄斯坦早已死在其尖刺之下。

"角蜂先生,请停下来……"庄斯坦实在跑不动了,喘着粗气站住,并举起双手,"请让我把话说完……我只是想要一点蜂巢而已……"

"哼,想得倒美!蜂巢怎么可能轻易送人?"还没等庄斯坦把话说完,山洞里又飞出两只老角蜂。一只老角蜂的蜂刺是弯的,另一只老角蜂身上带着条长长的伤疤。

"老多叶树不是说角蜂们不在家吗?"庄斯坦被三只气势汹汹的老角蜂包围在了中间,心中暗暗叫苦,"这下糟了。"

"你们看,我的左臂中毒了……我只需要一点点……"庄斯坦擦掉额头上的汗珠,将左臂伸了出来,以证明自己没撒谎。

庄斯坦青紫肿胀的左臂看上去的确很吓人,三只老角蜂有那么一刻,甚至动了恻隐之心。但这种恻隐之心顷刻就化作乌有,它们的目光很快又变得冷酷无情起来。

开普勒452b星惊险之旅

"也许他只是想骗取我们的同情,好趁机偷取蜂蜜。"翅膀有破损的老角蜂向另两只老角蜂扫了一眼,语气强硬地说。

"就是,谁知道他是不是好人。"弯刺老角蜂发出一阵冷笑。

"我倒是想知道他是怎么来到这里的,上面都是悬崖峭壁,他又没长翅膀……"身上有伤疤的老角蜂向上望望,疑惑地嘀咕道。

"快看!蜘蛛!"弯刺老角蜂突然指着洞口,大叫道。

洞口处,一队变色蜘蛛正带着隐蔽色、顺着山洞的一角,飞快地溜进去,要是不细看,还真看不出来。

原来,蜘蛛首领一直想趁着角蜂大军到地下采蜜的机会,对山洞发起进攻,但是把守洞口的三只老角蜂非常勇猛,太不好对付。蜘蛛首领于是在遇到庄斯坦后,想出了这条诡计:利用庄斯坦转移三只老角蜂的注意力,自己趁机带领变色蜘蛛钻进山洞,以占据有利地位。

第三十章
山洞里的激战

"蜘蛛来了！蜘蛛来了！"山洞里乱作一团，呼喊声响成一片。三只老角蜂惊慌失措，急忙冲了进去。结果中了蜘蛛们事先设计好的埋伏，粘在超厚的蛛网上，动弹不得。

山洞里的角蜂们为了保卫家园，与变色蜘蛛们展开浴血厮杀。但是，年富力强的角蜂都去地下采集石蜜了，留下来的都是老弱病残，它们根本不是变色蜘蛛们的对手。变色蜘蛛们轻而易举地获得了一场大胜战。

激战过后，山洞里到处都是角蜂的尸体；有的角蜂受了重伤，还没有死，在尸体中间痛苦地呻吟着、抽搐着；被活捉的角蜂则被蛛丝密密匝匝地缠绕起来，吊在洞顶，像一枚枚硕大的蚕茧。

变色蜘蛛们荡秋千，翻筋斗，疯狂地庆祝胜利。蜂巢被砸坏了，黏稠晶莹的蜂蜜流了出来，山洞里甜香四溢。变色蜘蛛们怪叫着，在蜂蜜里打滚，或者坏笑着互相涂抹。不过，它们最感兴趣的并不是蜂蜜，而是角蜂，这些角蜂可够它们美餐几个月的了，蜂巢

深处的蜂卵更是难得的美味。

庄斯坦只是想取点蜂巢，于谁皆无损，可没有想到却因他惨死了这么多角蜂，他内心充满了愧疚。"你这个坏蛋！原来你不是真心帮我，而是在利用我！"他压抑不住怒火，气愤地对蜘蛛首领喊道。

"你会得到你想要的东西的。"蜘蛛首领跳到一块岩石上，冷笑着说，"这里有许多蜂巢，快去拿一些吧！"

"看啊，你们都做了什么？你们这些可耻的凶手！"庄斯坦望着周围的惨状，忘记了手臂的疼痛，气得眼眶都红了。

"这有什么好大惊小怪的？我们不过是在遵守自然法则罢了，角蜂是我们的敌人，我们当然要对付它们！"蜘蛛首领不动声色地辩解道，"这些可恶的家伙把我们的蛛网弄得支离破碎，还一有机会就攻击我们，完全是罪有应得！"

"你们是些阴险的坏蛋，你们的蛛网是有毒的，你们用有毒的蛛网猎捕小动物！你们是大峡谷里的祸害！"身上有伤疤的老角蜂奋力挣扎着，大声骂道。

"没错，我们的蛛网是有毒，可你们不也长着蜂刺吗？你们遇到对手时，何尝手软过？"蜘蛛首领嘲弄地说，"你们根本没资格批评我们！"

"我们的刺只用来对付侵略者，只用来对付坏蛋……我们跟你们不一样，我们是自卫，从不主动攻击……"翅膀有破损的老角蜂气喘吁吁地骂道。

"我们靠辛苦的劳动养活自己，不像你们，总要弄阴谋诡计，

第三十章 山洞里的激战

干些见不得天日的勾当……"弯刺老角蜂不甘示弱地接着骂道。

"好了,好了,现在说这些没有任何用处!我只知道一点,那就是,你们都是我的手下败将!等待你们的只有一个结果,那就是——被吃掉!"蜘蛛首领说罢,从岩石上跳下来,大叫道:"小的们!现在就开始我们的角蜂盛宴,把这三个老家伙吃掉,好不好?"

"好!"变色蜘蛛们齐声回应道,高兴得手舞足蹈,四处乱爬。

"我们先拔掉它们的刺,省得它们不老实!"蜘蛛首领做了个可怕的鬼脸,挥舞着上肢,怪声怪气地叫道。

"拔掉它们的刺,拔掉它们的刺,拔掉它们的刺……"变色蜘蛛们欢呼雀跃,气氛很是热烈。

"就从这个长着弯刺的老家伙开始吧,它的刺是最丑陋的!"

蜘蛛首领在欢呼声中,挪动细腿,爬上蛛网,慢慢向弯刺老角蜂靠近。周围渐渐安静下来,变色蜘蛛们全都屏息凝神地看着蜘蛛首领,眼神里充满了崇拜。

"也许你早就忘了,我却记得清清楚楚,在我小的时候,就是你,用这根弯刺,刺死了我的母亲。"蜘蛛首领在弯刺老角蜂身边站住,身上的颜色逐渐变得跟岩壁一样暗淡,"这么多年来,不知有多少同胞死在你的刺上!"

"要杀就杀好了,不用说那么多废话!"弯刺老角蜂丝毫不肯让步,"哼,不过,不要得意得太早,等角蜂王带着大军回来,是不会放过你们的!"

蜘蛛首领闭上眼睛，沉默了几秒，仿佛在细细体味弯刺老角蜂的话。突然，它睁开双眼，面目狰狞地抓住老角蜂的弯刺，开始用力猛拽："到现在你还嘴硬，我要把你丑陋的弯刺拽下来……拽……拽下来……"

弯刺眼看就要连着血肉被拽下来了，老角蜂终于忍受不住剧痛，晕死了过去。

"停下来！这么做解决不了任何问题，只会激起更大的仇恨！"庄斯坦看到老角蜂痛晕了，大声喊道。

"咦？你怎么还在这里？"红了眼的蜘蛛首领回过头来，冷酷地说，"听着，拿着蜂巢赶紧离开这里！否则的话，就连你一起干掉！"

蜘蛛首领说完，不但没住手，反而加大了力气，弯刺老角蜂危在旦夕。庄斯坦情急之下，拾起一块石头扔了过去。石头砸在蜘蛛首领头顶上，立即鼓起一个透明的大包。

蜘蛛首领被彻底激怒了，竟撒下弯刺老角蜂，向庄斯坦爬了过来，而且越爬越快。等到足够接近庄斯坦时，猛地喷出蛛丝，将庄斯坦缠了个严严实实，然后像对待其他俘虏一样，将其吊在洞顶。

"真是个不知好歹的家伙！"蜘蛛首领骂道，"小的们，这个外星小子交给你们了！在盛宴正式开始前，先拿他做点心吧！"

"好哦！""好哦！"变色蜘蛛们一边呼喊着，一边密密麻麻地涌上岩壁。它们很快就爬满庄斯坦全身，用力啃咬起来了。庄斯坦感到似有无数的小刀片在切割着他的皮肤，钻心的刺痛感

第三十章 山洞里的激战

立即遍及全身,"完了,一切都完了,爷爷,我救不了你了,我要死在这里了。"

正当庄斯坦准备接受残酷的命运时,突然传来轰隆隆的响声。变色蜘蛛们听到这响声,停止了啃咬,瑟瑟地发起抖来,有的还摔到了地上;角蜂们听到这响声,则精神一振,露出了惊喜的表情,对它们来说,这响声实在是太亲切了——这是角蜂大军从峡谷深处冲上来的声音。

"不,这不可能,我算准了的,角蜂大军要一周后才回来的!"蜘蛛首领由于过度紧张,浑身的毛发都竖了起来。然而,事实就是事实,角蜂大军的确回来了。角蜂大军冲出峡谷后,轰隆声变成了"嗡嗡"声,而且越来越迫近。

蜘蛛首领知道一场恶仗不可避免,于是大声呼喊道:"小的们,不要害怕!不要惊慌!角蜂们已经辛苦工作一个多月了,又要从地下飞回地上,体力早就消耗光了!我们干脆利用这个机会把角蜂们消灭干净!"

"把角蜂们消灭干净,把角蜂们消灭干净……"变色蜘蛛们跟以往一样齐声回应道,只是这次声音都虚弱了不少,显得萎靡不振,缺乏信心。

蜘蛛首领只说对了一半。角蜂们经过艰苦劳作和长途跋涉的确很疲惫,但是当它们发现家园被侵占、亲人被杀戮时,仇恨是会让它们舍命相拼的。

角蜂王刚飞进山洞,就察觉到了异常。它率领角蜂们,灵巧地躲开新添加的"蛛网陷阱",在山洞深处与变色蜘蛛们展开了

开普勒452b星惊险之旅

激战。

　　与留在山洞里的老弱病残不同，这次参与战斗的角蜂都是精兵强将。变色蜘蛛们被打得溃不成军，毫无还手之力，多数还没来不及喷射毒丝，就已死在"利刃"之下。

　　战斗呈现一边倒的形势，很快胜负已分。除了蜘蛛首领带着少数手下侥幸逃脱外，其余的变色蜘蛛几乎全部被杀死。地面上，角蜂的尸体和蜘蛛的尸体混杂在一起。受了重伤还没有死的角蜂或蜘蛛在尸体间呻吟蠕动着，看上去惨烈无比。

　　角蜂王是只非常年轻的公蜂，体格雄壮，英姿勃发，充满阳刚气概。粗壮的蜂刺就像刚刚打磨过的长矛一样，闪闪发光，令变色蜘蛛们望而生畏。战斗结束后，它命令手下们打扫战场，为受伤的角蜂疗伤，消灭变色蜘蛛的余孽。与此同时，它亲自上前，将粘在蛛网上和挂在洞顶的角蜂解救下来。

　　"大王，我们太粗心大意了，没能完成您交给的任务。"翅膀破损的老角蜂流下了自责的眼泪，"我们罪该万死。"

　　"三位老前辈，不能怪你们，你们已经尽力了。"角蜂王语气温存地安慰道。

　　"大王，您怎么会提前带大军回来？"身上有疤痕的老角蜂好奇地问，"幸亏大军回来得及时，否则后果不堪设想呀。"

　　"这次到了地下之后，我经常莫名感到不安，总担心蜘蛛们会来生事，"角蜂王叹了口气，说，"于是就催促大家加紧工作，争取尽快完工、提前回来。没想到该死的蜘蛛们竟真的来捣乱了。"

　　角蜂王一边说着，一边走到庄斯坦跟前，"咦，这是谁？"

第三十章 山洞里的激战

角蜂王发现蛛丝里包裹的不是角蜂（庄斯坦的体形要比角蜂大得多），感到很奇怪。

弯刺老角蜂急忙讲述了庄斯坦前来索取蜂巢疗伤，遭到拒绝，后用石头砸伤蜘蛛首领，帮自己保住性命的经过。"大王，虽然他帮了蜘蛛们的忙，但绝不是有意为之，而且，没有他的话，我早就死掉了，请千万不要难为他啊。"

角蜂王表现得十分宽容大度，不但没有责怪庄斯坦，反而亲自剥开他身上的蛛丝，将他放了下来，并且命令手下取来蜂巢，帮他治疗。角蜂蜂巢果然是解毒灵药，庄斯坦服下后，左臂的青肿很快就消退了，身体也比以前轻松了许多，心中为此惊喜不已。

第三十一章
考验仍在继续

七公里外的沙漠里,多叶树们见庄斯坦迟迟没能归来,已经开始着急了。

"地球人怎么还没回来?不会遇到什么麻烦了吧?"嗓音沙哑的多叶树说。

"三只老角蜂很凶悍的,肯定不会轻易把蜂巢交出来。"声音尖细的多叶树说。

"也许他再也回不来了,"带斑点的多叶树说,"老多叶树把他害苦了。"

"哼,除了去找角蜂巢,还有别的办法保住他的手臂吗?"老多叶树气呼呼地反驳道,"再说,我可没逼他哦!"

"可是您故意轻描淡写,把事情说得很简单,"嗓音沙哑的多叶树说,"这不就是害人吗?"

正当多叶树们争吵不休的时候,突然传来一声尖叫,是小多叶树发出来的。小多叶树已将庄斯坦视作偶像了,自从庄斯坦去了大

第三十一章 考验仍在继续

峡谷后,它每天都站在沙丘上等他回来。

"你们看,那是什么?"小多叶树用幼嫩的树枝指向远处的天空,激动地喊道。

"天空中有个黑点。"

"是外星人吗?"

"庄斯坦就是外星人。"

多叶树们停止争吵,七嘴八舌地说。

随着距离的接近,黑点的轮廓渐渐清晰了,还能听到若隐若现的"嗡嗡"声。

"那是只角蜂,我不会看错的,"老多叶树眯起眼睛说,"好像还背着什么东西……"

"角蜂背的是庄斯坦,是庄斯坦……"小多叶树摇晃着树枝,激动地喊道。因为动作过猛,竟失去重心,从沙丘上滚了下去。

小多叶树说的没错,角蜂王亲自送庄斯坦回来了。还带来灵秀花蜜、石蜜和峡谷里清洌的泉水作为礼物。多叶树们高兴极了,纷纷挣扎着站起身子,摇摆树枝,表示欢迎。

庄斯坦将自己在大峡谷的探险经历告诉了多叶树们,多叶树们连连叹息,纷纷夸赞他的勇气。角蜂王在战斗中勇猛无比,在生活中却平易近人,在交谈中,多次建议多叶树们搬到大峡谷里定居。

"大峡谷里至少有充足的水分,而且还有其他花草树木,"它说,"生活在那里,肯定要比生活在沙漠里舒服得多。"

"谢谢您,陛下!不过,还是等我们把树根找回来再说吧,那样,我们才能吸收土地里的营养。"老多叶树说,"说实话,我们

 开普勒452b星惊险之旅

更愿意回斯浠恩星去,那里才是我们真正的家呀。"

角蜂王表示尊重多叶树们的决定。相聚是愉快的,但是角蜂王肩负着保卫家园的重任,不便在外面久留,所以很快就依依不舍地向大家告别,飞回大峡谷去了。

送走角蜂王后,庄斯坦显得垂头丧气,因为,他发现自己的视频对讲机不知何时撞坏了。跟黄绿联络时,画面和声音都模模糊糊,唯一可以确定的是,卫生间飞船仍没有修好。

视频对讲机损坏得很严重,且缺少必要的零部件,所以很难修复,而时间紧迫,不能无限期地等下去。最后,庄斯坦狠下心来,接受了老多叶树的建议,决定背着它徒步去大本营。

据老多叶树讲,这里离大本营大概有四百公里。庄斯坦从没走过这么远的路,但是他并不畏惧。出发前,他在沙漠里找到不少食物,再加上角蜂王赠送的清水,路上需要的供给基本就够了。

"多多保重!"

"一定要顺利回来!"

"别忘了把我们的树根带回来!"

出发的日子到了,多叶树们一起站在沙丘上,挥动树枝,为庄斯坦和老多叶树送行。

"放心好了!"庄斯坦和老多叶树大声呼喊道,"我们一定会成功的,我们一定会带着你们的树根回来的!"

艰难的旅程开始了,孔斯蒂图大沙漠气候恶劣,昼夜温差极大,白天可达40℃以上,夜晚则经常降到0℃以下;起风的日子里,黄沙铺天盖地,不断往耳朵、鼻孔里灌,弄得人无比难受;或

第三十一章 考验仍在继续

许是由于严重缺乏资源,沙漠里的动植物全都凶恶无比,经常突然向他们发动攻击……

在如此可怕的环境下,背着一棵树,步行四百公里,即使是成年人,也会感到畏惧,何况是一个十二岁的小男孩,但庄斯坦表现得非常顽强,始终在咬紧牙关,努力坚持……途中休息时,庄斯坦又多次试图修好视频对讲机,但都以失败告终。图像和声音还是那么模糊,黄绿一直在上蹿下跳地比画着,不清楚是什么意思。通过远距离指导来修好飞船,看来也没什么希望了。

千辛万苦之后,庄斯坦终于走到了四百公里处,但是并没有到达目的地,于是继续前行。接下来的日子里,老多叶树多次说快要到了,但最后都没有到目的地。又多走了三十多公里之后,庄斯坦脚步越来越绵软,终于要扛不住了。

"老多叶树,食物和水就要消耗光了!到底还要走多远?"他放下老多叶树,筋疲力竭地躺在黄沙上,喘着粗气问道。老多叶树双目紧闭,没有回应。

"您怎么不说话?老多叶树。"庄斯坦又问了一遍,但仍旧没有得到回应。

庄斯坦突然产生一种不祥的预感,从沙地上坐了起来。

"老多叶树?你怎么了?"他伸出手来,使劲推了推老多叶树,还是一点回应都没有。

"老多叶树已经几十万岁了,沙漠里气候这么恶劣,它不会死掉了吧?"庄斯坦一边推着老多叶树,一边睁大眼睛,惊恐地想。

庄斯坦慢慢站起身来,望着周围莽莽苍苍的大沙漠,发现自己

连方向都辨别不出来。而食物和水就要消耗殆尽了,视频对讲机又坏掉了,不能向黄绿和巨人们求助。

庄斯坦觉得自己已经孤立无援,走投无路了,不由得感到一阵伤心。无论多勇敢多聪明,庄斯坦毕竟是个十二岁的孩子。他终于承受不住压力,坐在黄沙上,啜泣起来。

"咦,怎么有人哭了?"这时,老多叶树的声音突然响了起来。

"老多叶树!你没死?"庄斯坦吃了一惊,惊喜地喊道。

"说什么呐?我怎么会死呢?我还能再活几十万年呢!"老多叶树的"嘴巴"噘了起来,装作生气了的样子。

"可是,你刚才怎么没反应……我怎么……怎么叫不醒你?"

"我刚才不过是太困倦了,不小心睡着了而已。"老多叶树打了个大大的哈欠,又展开树枝,伸了个懒腰,"睡得好香甜啊,真舒服,我还梦到了斯湃恩星呢。"

"我还以为你死掉了,"庄斯坦擦掉眼泪和鼻涕,哽咽着说,"把我一个人扔在沙漠里。"

"那是不可能的,我啊,命大着呢。来,我们还是抓紧时间赶路吧,再走几公里就到了……"

"这句话已经说了不知多少遍了,可每次都没找到。"庄斯坦费劲地背起老多叶树,叹了口气,轻声抱怨道。

"这次可是真的哦。"

"好吧,但愿如此。"庄斯坦蹒跚地走了几步,突然想起了什么,不由得站住脚:"对了,老多叶树,你刚才睡着的时候,我会不会走错方向呢?"

第三十一章 考验仍在继续

"不会,不会,放心好了。"

"你为什么这么确定?这里到处都一样,看不出什么差别。"

"你啊,应该相信我才是。"

老多叶树的语气轻松又随意,好像不过是在玩一个小游戏。庄斯坦没有办法,只能无奈地摇摇头,继续前进。

又走了四十公里之后,庄斯坦的身体承受力达到了极限,大脑近乎混沌状态,每走一步,都可能倒下去。老多叶树则仍像之前一样,不时打个瞌睡,或者不着边际地唠叨几句。庄斯坦有时甚至怀疑它根本就是在胡乱指挥。

"不,不会的,要是没有老多叶树帮忙,我或许连命都没有了,老多叶树是不会耍弄我的。"每当那样想时,庄斯坦总是这样告诉自己。

"我打赌他就要倒下了,他已经没多少力气了。"一天,庄斯坦在朦朦胧胧中,突然听到前方有说话声,而且那声音还颇为耳熟。

"他一定走了很远的路,可怜的家伙。"另一个声音响了起来,听上去也很熟悉。

庄斯坦努力睁开眼睛,向前方看了看,依旧是单调荒凉的沙漠,除了连绵起伏的沙丘和偶尔出现的几簇野草外,什么都没有。

"一定是幻觉。"庄斯坦舔了舔干裂的嘴唇,自言自语道,"天气太热,我可能是中暑了,所以出现了幻觉。"

"他向我们走过来了,他会踩到我们的。"熟悉的声音再次响起,那声音有些尖细。

 开普勒452b星惊险之旅

"看啊!他还背着东西呢!到底是什么宝贝,这么舍不得放下?"另一个声音有些沙哑。

"这个人看上去好奇怪啊!"

"真是个怪人!"

"他越来越近了。"

其他几个熟悉的声音接连响起。

"这不是多叶树们的声音吗?"庄斯坦猛然想了起来,惊愕地站住了,"难道我绕了个圈子,又回到了原地?还有,我怎么看不到它们?"

"天啊,他背的是我的身体!"老多叶树的声音突然在前方响起,可老多叶树明明在庄斯坦背上打瞌睡啊。

"我的身体,你终于回来了!"一串奇怪的痕迹带着"唰唰"声,向庄斯坦这边延伸过来。

老多叶树打了个哆嗦,醒了过来,激动地大喊起来:"是我!是我啊!我回来了!"

"老多叶树的树干回来了。"

"只有老多叶树吗?我的呢?"

"我的回来了吗?"

前方空空荡荡,却到处都是声音。

"你到了吗?我要跳下去了。"老多叶树用颤抖的音调问道,"你准备好了吗?"

"我到了,我到了,快跳吧!老伙计,我接着呢!"那串奇怪的痕迹延伸到庄斯坦脚下,就停止了前进,并左右轻轻移动着。

第三十一章　考验仍在继续

老多叶树挣扎着从庄斯坦背上跳了下去，还没等接触到地面，就消失不见了。

"老多叶树，你去哪了？"庄斯坦望着周围空空荡荡的沙漠，惊讶地问道。

"我还在这儿啊，庄斯坦。"

"可我看不到你。"

十几秒钟后，老多叶树再次出现了，只是变成了若隐若现的半透明状。老多叶树还重新拥有了树根，根须上长着许多"小结"，就像一串串从大到小排列的珠子。

"庄斯坦，看到了吗？我和我的树根又合为一体了，我又像以前一样完整了！"老多叶树手舞足蹈地说，"你看，我现在能动能走，能跑能跳了！"

"我的树干呢？"

"老多叶树，我的树干呢？"

那些熟悉的声音围拢过来，叽叽喳喳地说。

原来，它们都是多叶树的树根，多叶树们的主干被砍掉，扔到了远处的沙漠里，树根们则留了下来。由于离大本营很近，长时间受其辐射和影响，树根们也跟着隐身了。当隐身的树根和正常的树干连接到一起时，就会变成老多叶树现在的样子——半透明。

"别急，别急，我知道你们的树干在哪儿，我会带你们去的！"老多叶树说，"但是，在这之前，我们必须帮助庄斯坦，也就是我身边这个地球人，要是没有他的话，我就不会回到这里，不会再见到你们了。"

 开普勒452b星惊险之旅

"又来一个地球人?大本营里已经有一个地球人了,"声音尖细的树根说,"听说是从地球绑架来的。"

"一定是爷爷。"庄斯坦想了想,激动地大声说,"你们见过他?"

"我们的确见过,"声音尖细的树根说,"他就是从这里被押送进大本营的。"

"听说他就要被做成点心,献给来参加宇宙大会的外星贵宾们了。"声音嘶哑的树根补充道。

"啊?做成点心?"庄斯坦惊呼道,脸色变得煞白。

"别担心,那证明你爷爷还没事,宛兹人喜欢吃最新鲜的食材。"老多叶树急忙安慰道,"现在宇宙大会还没召开,所以他们不会杀死你爷爷的。"

"你们还知道什么?"庄斯坦又急切地问,"快告诉我!"

"我们就知道这些。"树根们回答道。

这时,滚滚黄沙中,一列敞篷车开了过来,确切地说,是走过来。因为那些敞篷车没有车轮,只有两条巨大的机械腿。

"快,藏起来!宛兹人来了!"老多叶树猛地将庄斯坦拽到一个沙丘后面。

敞篷车越来越近了,树根们用各种各样的怪叫欢迎它们。

"这些树根真讨厌。"第一辆敞篷车里,负责驾驶的宛兹军官骂道。

"当初就应该清除干净,一起扔到沙漠深处去。"副驾驶座位上的宛兹军官附和道。

第三十一章 考验仍在继续

"哎呦,"负责驾驶的宛兹军官头上突然被砸了一下,他大叫一声,伸手摸了摸,"这是什么?妈的,鸟粪!真该死!"

"当午餐吧!"树根们笑嘻嘻地说,"一定合你的胃口!"

负责驾驶的宛兹军官勃然大怒,正要发作,身边的同伴急忙将他拦住。"算了,不要跟那些树根一般见识,大伟庄大人会收拾它们的,正事要紧。"负责驾驶的宛兹军官火气渐渐消了,终于同意不再追究。敞篷车队依次走进大本营,全部"消失"掉了。

几天后,大本营开始解除隐身了,上半部分率先出现,犹如海市蜃楼一般,然后,面积慢慢扩大,半个小时后,与地面完全衔接,全部显露了出来。

大本营看上去就像一堆气泡,大大小小的气泡重重叠叠,堆放在一起,看似不规则,实际上组成了一个有机的整体。骑着电动飞车的宛兹人和扇动着钢铁翅膀的机器怪穿梭在气泡之间,显得非常忙碌。

第三十二章
小多嘴怪的背包

宇宙大会召开在即，外星贵宾们已经陆续抵达。"物以类聚，人以群分"这句话放在宇宙中同样适用。外星贵宾们长得奇形怪状，古怪另类，看上去都跟宛兹人一样邪恶。

大本营戒备森严，想要进去是十分困难的，但庄斯坦这次很幸运，很快就找到了突破口。几天后，天上飞来一艘蒲公英形状的宇宙飞船，由于临时出现故障，提前降落在大本营外面。进行抢修的同时，飞船舱门打开了，一个外星人走了出来，也许是想要出来活动下筋骨，透透气。

树根们此时已随大本营一起解除隐身，见外星人走了过来，急忙围绕着老多叶树来了个"叠人塔"，将庄斯坦藏在里面，以防不测。

外星人高大健壮，又圆又胖，全身上下长满了嘴，说话时，所有嘴一起动，竟然产生了环绕立体声的效果；走起路来，身上的赘肉左晃一下右晃一下，像一块儿颤颤巍巍的嫩豆腐，看上去非常滑

第三十二章 小多嘴怪的背包

稽。既然他长了这么多的嘴,我们就暂且叫他小多嘴怪吧。

还没走出一百米,小多嘴怪就走累了。他气喘吁吁地站住,从超大的背包里拿出零食,往不同的嘴里塞,直到所有的嘴都填满了,才大口咀嚼起来。

"看他胃口多好,唉,有那么多嘴可以吃东西,真让人羡慕,"声音沙哑的树根在"叠人塔"上说,"我连一张能吃东西的嘴都没有,只能靠根须寻找地下的营养物质,命真不好。"

"谁?"小多嘴怪吓了一跳,所有嘴同时停止咀嚼,"谁在说话?"

"是我。"

"哦,是树根啊,雷格尔星就是奇怪,什么都会说话,连个树根都会说话。"小多嘴怪摇着头,嘀咕了句,继续吃了起来。

"喂,"带斑点的树根在"叠人塔"上说,"你不需要把所有的嘴都用上,这样太累了。"

"这样吃得更快,更过瘾。"小多嘴怪说,"我喜欢这样。"

"可以问你个问题吗?"嗓音沙哑的树根咳嗽了一声,煞有介事地说道。

"可以啊,问吧!"

"我看到你有许多张嘴,却没看到你有一只眼睛,这可真奇怪。请问,你有眼睛吗?"

"当然有。"

"哦?在哪儿?"

"呃,在……呃,实际上……"小多嘴怪结巴起来了,"实际

上我整个就是只眼睛……"

"整个就是只眼睛,哈哈哈哈……怎么可能整个就是只眼睛……哈哈哈哈……"树根们笑得前仰后合,"叠人塔"差点垮掉。

"哼,有什么好笑的?"

"真是只食欲旺盛的大眼睛!"

"一只会走的大眼睛!"

树根们一边大笑着,一边不停开着玩笑,弄得小多嘴怪浑身颤抖着,越来越恼火。

这时,蒲公英飞船"根部"的一扇窗子打开了,小多嘴怪的母亲——杰贝尔丹那星上的多嘴怪王后——探出头来。她的身材比小多嘴怪——杰贝尔丹那星上的王子——还要壮硕两倍。

"英俊的小王子,英俊的小王子……我们要出发喽,我们的飞船已经修好了……"多嘴怪王后所有的嘴上都涂着深褐色唇膏,年纪已经不小了,声音却是嗲嗲的,像个六岁大的小女孩发出的。

"英俊的小王子……"树根们笑得更猛烈了,要疯掉了一般,"英俊的小王子,哈哈哈哈……这个吃货居然还是个王子……真是不可思议,哈哈哈哈……"

"哼,懒得理你们这些烂树根!"小多嘴怪气急败坏地骂了句,所有嘴一起轻蔑地撇了撇,转身向蒲公英飞船走去。

"喂,先别走,我敢打赌,你眼神不好!"身上有斑点的树根止住大笑,大声喊道。

"胡说!我眼神很好!"小多嘴怪转过身,双手叉腰,气呼呼地说。

第三十二章　小多嘴怪的背包

"那好,我问你,这是几?"身上有斑点的树根举起三根根须,"告诉我,这是几?"

"二,哦,不,是四。"

"哈哈,我就说他眼神不好嘛,连这么简单的数字都认不出来,根本就是个没用的吃货!"

树根们又开始大笑起来了,气得小多嘴怪火冒三丈。不过,树根们这么做,并非因为无聊,而是在按庄斯坦刚制订的计划行事。双方吵闹不休的同时,"叠人塔"后面打开一个缺口。庄斯坦从缺口爬出来,蹑手蹑脚地绕到小多嘴怪身后,轻轻打开背包,钻了进去。

庄斯坦刚钻进背包,"叠人塔"就解体了,树根们四散开来,跳来跳去,不断向小多嘴怪挑衅,吸引他的注意力。小多嘴怪一边笨拙地追赶着树根,一边破口大骂,竟没注意到背包里多了个人。

"英俊的小王子,英俊的小王子……赶快回来,不要再闹了……"多嘴怪王后再次在窗口出现,嗲声嗲气地催促起来,"抓紧时间,我们要进大本营了,你父王要生气了哦,不要再跟那些树根纠缠啦……"

"哼,要不是母后叫我,我非把你们这些树根踩烂不可!"小多嘴怪所有嘴角都难看地垂了下来,气呼呼地朝蒲公英飞船走去,装作听不到树根们在背后的戏谑和嘲弄。

"奇怪,背包好像重了许多。"直到在蒲公英飞船上坐好,小多嘴怪才感到异样。要是换了别人遇到这种情形,肯定会检查一下,但小多嘴怪又迟钝又懒惰,总喜欢给自己找借口,"一定是那些该死的树根把我气的，气得我都没力气了。"

　　背包里，庄斯坦听到小多嘴怪这样说，长出了一口气。此时，他周围堆满了各种各样的零食：闪烁着五彩光芒的怪味豆子、会在嘴里翩翩起舞的棉花糖、口味分出层次的奇妙果浓缩棒、汁水充足表皮富有弹性的嘉里果、松软可口的绿糖脆皮奶球……部分零食居然是活着的，一些浑身长满肉刺的白皮果实躲在角落里不住哀叹，一些长着可食用软壳的小动物不顾死活，仍在不断地繁衍……

　　每隔几十秒，小多嘴怪的大手就要伸进来抓上一把，庄斯坦总是灵巧地躲开。为了均衡掉自己增加的重量，他特意吃掉了一些零食，结果发现有的非常美味，有的则味道古怪，难以下咽。

第三十三章
外星人的"时髦"派对

蒲公英飞船飞入大本营,并在指定地点降落。在此之前,那里已经停放许多怪模怪样的飞船了。

多嘴怪王室一家在宛兹族礼仪小姐的引领下,走进"气泡"大厦,乘坐电梯来到12105层。12105层是一个宽广的圆形大厅。即将在此举办一场超级豪华的外星人派对。大部分外星贵宾都已经到了。台下,人头攒动,觥筹交错,欢声笑语;台上,一些花朵艳丽的不知名植物,正在扭动"腰肢",演唱着快节奏的歌曲。

扩音器喊道:"阿盖比尔国王,安妮塔王后和肯特王子驾到!"

多嘴怪王室一家无疑在宇宙中很有地位。外星贵宾们纷纷转过头来,向他们微笑着点头致意。大伟庄和坦斯庄亲自穿过人群走过来,欢迎他们的光临。大伟庄按照特殊的宇宙礼节,殷勤地吻了吻安妮塔王后的手心,安妮塔王后所有的嘴都咧开了,露出一个"可怕"的笑容。

"这是我的孙女,同时也是我最得力的助手——坦斯庄。"大

伟庄热情地介绍说。

"欢迎你们，尊贵的客人。"坦斯庄蹲下身子，恭敬地行了个古怪的轮子礼。

"我好像在哪听过这两个外星人的声音。"背包里，庄斯坦突然心头一震，"对，就是这两个外星人闯进我们的房子，绑架了爷爷！"他微微打开背包盖子，从缝隙望出去，第一次见到了绑架者——大伟庄和坦斯庄的真容。多么奇怪又可恶的生物，庄斯坦想。

这时，大厅里响起了热烈的掌声和欢呼声，多年没迈出王宫半步的万安达国王，乘坐超大型轮椅，由四个身强力壮的侍从推了进来。莱切王子站在万安达国王的肩膀上，陪同前来。

"哦，亲爱的朋友们，欢迎你们！见到你们，我多么高兴！"万安达国王面带微笑，像小山一样向前移动着，不断向贵宾们挥手致意，还不时停下来，跟个别贵宾交谈几句。

万安达国王跟多嘴怪国王夫妇热情拥抱，然后亲热地拍了拍小多嘴怪的脑袋，"看，你们的儿子，多么健壮！再看看我的儿子，哦，多么矮小，真是让我失望！"

莱切王子对父王的嘲弄毫不在意，他正忙着向坦斯庄抛媚眼呢，甚至还抛了一个飞吻。坦斯庄努力不去注意莱切王子，但终于还是忍受不了了，趁着两位国王亲切交谈的机会，转身走开了。

"坦斯庄小姐，坦斯庄小姐……你去哪儿……"莱切王子从父王的肩膀上跳到轮椅扶手上，又从轮椅扶手上跳到地毯上，飞快地追了上去。

"大伟庄，听说你最近发现了一个叫作地球的星球，还亲自去

第三十三章　外星人的"时髦"派对

考察过,有这回事吗?"多嘴怪国王饶有兴致地问道。

"是的,陛下!"大伟庄恭敬地答道。

"来,快跟我们说说,地球是什么样子的?"多嘴怪王后咧开所有嘴巴,兴奋地问道。

"地球是个很美丽的星球,不过,有些地方的环境被破坏得非常严重。地球人不懂得跟自然和平相处,不仅乱砍滥伐,而且不断侵蚀地球动物的生存空间……"大伟庄说。

"事实上,举办这次宇宙大会,就是为了讨论关于地球的事情。"万安达国王插嘴道,"我们宛兹人准备攻打地球,惩罚愚蠢的地球人,抢占地球全部的剩余资源,以免让他们挥霍一空!欢迎多嘴怪军团加入我们的大军!"

"这个主意太棒了,我一定率领多嘴怪军团加入!"多嘴怪国王高兴地说,"您知道的,我所在的种族太能吃了,杰贝尔丹那星都快被我们啃光了,现在正好到地球分一杯羹!"

交谈中,一个女外星人端着酒杯,摇曳多姿地走了过来。她高大健硕,身材凹凸有致;皮肤呈湖蓝色,如同高级塑料一样富有光泽;头发造型夸张,像一朵含苞欲放的蓝色玫瑰;圆形的嘴巴里,隐藏着四个锋利的刀片,说话时刀片飞快旋转,看上去触目惊心。

"亲爱的朋友们,你们在谈论什么有趣的话题?"女外星人的声音悦耳动听,像机器发出来的。

"我们在谈论攻打和占领地球的事情,"万安达国王柔情蜜意地瞥了女外星人一眼,慢条斯理地说,"有兴趣让您的军队加入吗?亲爱的嘉蕙女王。"

# 开普勒452b星惊险之旅

"当然有兴趣,您知道的,我最喜欢战争了。"嘉蕙女王"咯咯"笑了起来,"对了,听说你们已经抓回许多地球生物了?"

"是的,已经抓回了一些。"

"您准备怎么处置他们呢?"

"吃掉,当然是吃掉。"万安达国王笑着说,"我的厨子们正在厨房里大显身手呢,大家马上就能尝到地球生物的味道了。"

小多嘴怪对大人们的谈话并不感兴趣,早就将注意力转移到了餐点上,不到两分钟,就将一张摆满餐点的长条桌子扫荡一空。为了满足他惊人的食欲,负责递送餐点的机器怪们不得不跑来跑去,疲于奔命。

直到万安达国王提到地球生物,小多嘴怪这才停止"扫荡","地球生物……地球生物……一定很好吃……"小多嘴怪所有的嘴巴一起流出口水,整个人变得像瀑布一样。

"我现在就去厨房看看,看看地球生物们被做成什么样子了。"说完,他就扭动着肥胖的身体,向厨房走去。

背包里,庄斯坦听说爷爷已经被外星人做成了菜肴,不由得直冒冷汗。那么,事情果真如此吗?

一小时前,地球动物们的确被放进一个超级大汤锅里,开始小火慢炖——这个汤锅真够大的,要登上高高的金属梯子,才能看到里面的东西;庄伟大则被放进一个装满香料的大缸里,进行腌制。正如老多叶树说的,宛兹人喜欢使用最新鲜的食材,有时甚至还生吃,所以他们当时都是活着的。

汤锅里的水很快开始沸腾,动物们以为自己就要被烫死了,

第三十三章　外星人的"时髦"派对

都惊恐地大叫起来，不过，它们很快发现这只是虚惊一场。因为，在开普勒452b星上，水的沸点只有40℃左右，跟地球上的温泉差不多，烹调当地的食材还够用，煮熟地球动物则根本不可能。

"喂，这是怎么回事？"河马小声嘀咕道，"水已经沸腾了，我却一点没感到烫！"

"不但不烫，还很舒服，"水獭微眯着眼睛，叹息着说，"真是奇怪。"

"是不是我们已经熟了，失去了痛感？"骆驼说。

"什么叫痛感？"山羊问。

"就是疼痛的感觉喽，我从人类的一本书上读到的。"

"那本书在哪儿？"山羊追问道，"我能读一下吗？"

"不好意思，那本书读完后，就被我吃掉了。"

"不，我们没熟，"长颈鹿思考了一会儿，轻声说，"因为我们的皮肤没出现任何变化。"

"没错，我们的皮肤没出现任何变化。"水獭表示赞同，"毛发也还在上面。"

"一定是汤锅出了问题！"长颈鹿肯定地说。

"对，一定是汤锅出了问题。"动物们觉得有道理，"不然不会是这个样子。"

"大家小声点，"骆驼轻声提醒，"要是被厨师发现就糟了，很可能会换个汤锅。"

"如果表现得太自然，厨师也会怀疑的，"河马的眼珠狡猾地转了转，"现在最好演戏给他们看。"

 开普勒452b星惊险之旅

"演戏?怎么演戏?"

"就像我这样,"河马先屏住呼吸,酝酿了几秒,然后大声哀嚎了起来,"天啊,天啊,好烫啊,天啊,求求你们,把我从这该死的汤锅里捞出来吧,我要被烫死了啊……"

动物们马上明白了河马的意思,也跟着哀嚎起来:"放我出去吧,救命啊!"

"痛死了,我的皮肤被烫坏了,哦,我美丽的皮肤被毁了啊!"

"哦,我快要融化了啊!"

……

不过,尽管动物们精心算计,十几分钟后,厨师长还是产生了怀疑:"奇怪,它们一直在叫,却始终没飘出香味。"

"或许地球生物皮糙肉厚,不容易熟,"副厨师长皱着眉头说,"或许它们本来就没有香味。"

"我去看看。"厨师长拿起一把长勺子,走到汤锅前,登上了金属梯子。

长颈鹿一直伸长脖子,留意着汤锅外面的情况。它看到厨师长登上梯子立即提醒同伴们注意。动物们急忙闭上眼睛,装出半死不活的样子,呻吟起来。

厨师长用长勺子拨弄了几下,又用鼻子使劲嗅了嗅,越发觉得可疑,于是干脆将一只海龟捞了上来。

"这家伙应该熟了吧?我来尝尝。"厨师长说罢,张开大嘴,狠狠地在龟壳上咬了一口,结果牙齿差点被崩飞。

厨师长疼得眼泪都流出来了,用长勺子狠狠地将海龟推回汤锅

第三十三章 外星人的"时髦"派对

里:"根本没熟,这些该死的地球生物,跟石头一样硬。"

"可是,都煮了将近两个小时了呀!"副厨师长耸了耸肩膀,疑惑地说,"怎么会这样?"

"再煮一会儿,要是还不熟,就用超级旋流式高压锅对付它们!"厨师长捂着腮帮子,痛苦地呻吟着,从梯子上走了下来。

动物们知道被扔进高压锅就死定了,于是赶紧改变策略,停止哀嚎。翻着白眼,漂浮在水面上,仿佛已被烫死,马上就要熟透了。麝香鼠则努力释放香气,制造假象。

"加油,拖延的时间越长越好,那个庄伟大的孙子说不定真会来救我们呢。"它们私下里互相鼓励道。

"怎么回事?香味又出来了?"厨师长彻底被弄糊涂了,不过时间紧迫,他已经没有耐心追究了,"去取烤箱,烤那个地球人!先不用管汤锅了!"

副厨师长去取烤箱了,厨师长走到大缸前,挽起袖子,准备把庄伟大捞出来。庄伟大已经在香料里腌制了二十四小时,由于以为庄斯坦已被雷蛙炸弹炸死,伤心到了极点,甚至不想再反抗了。

"你们怎么可以这样对待客人?这可不太友好。"他嘴里嘟哝着,任由厨师长摆布。

"哦,你在这儿可算不上客人,你不过是道食材罢了。"厨师长冷笑着将庄伟大放在面板上,然后,在他身上涂上一层雷格尔星特有的植物油,"我会把你烤得香喷喷的,好让贵宾们满意,到时,陛下和大伟庄大人说不定会赏赐我呢。"

"地球生物在哪儿?……他就是吗?哦,他可真瘦!还不够我

开普勒452b星惊险之旅

一个人吃的!"这时,小多嘴怪摇摇晃晃地走进了厨房,他看了眼面板上的庄伟大,所有的嘴一起撇了起来,"其他的呢?其他的地球生物在哪?我可以看看吗?"

"当然可以,它们在汤锅里,请跟我来。"厨师长知道多嘴怪王室在宇宙中很有势力,不敢得罪,急忙在前面带路。

当小多嘴怪跟着厨师长向汤锅走去时,心情失落到极点的庄伟大突然发现小多嘴怪背包的盖子自动打开了,一个小男孩从里面探出头来。

"庄斯坦,你没死——"庄伟大激动得差点喊出声来。庄斯坦急忙把食指放在嘴唇上,示意爷爷不要出声。然后带打手势带用口型向爷爷传递着这样的话:"放心吧,我会救你出去的,爷爷。"

庄斯坦说完,又慢慢缩回到了背包里。

第三十四章
被奶油泡沫包裹住的营地

"不错,不错。"小多嘴怪对汤锅里的地球动物很满意,"烹调方法得当,味道很香,最重要的是,量很足。"

小多嘴怪瀑布般的口水流到了汤锅里,看上去脏兮兮的,而且因为身体太重,金属梯子开始剧烈摇晃,仿佛随时可能垮塌。厨师长偷偷摇了摇头,不得不以避免跌倒为由劝他从梯子上下来。

烤箱推出来后,厨师长和副厨师长亲自动手,将庄伟大放了进去。

"贵宾们想看活烤地球人,快,把烤箱推到大厅里去!"厨师长正要启动按钮时,坦斯庄突然快步走了进来,大声命令道。为了这次派对,坦斯庄特意精心打扮了一番,涂了藕荷色的唇膏,戴着蓝色的假睫毛,头上还插了朵猩红色的大花。

"抓紧时间!按坦斯庄小姐的命令做!"莱切王子"嗖"地跳到坦斯庄的肩膀上,指手画脚地说。

"让他们放开我!我可以带你去地球见心上人!我可以带你去

 开普勒452b星惊险之旅

找挖掘机先生!"庄伟大在烤箱里大喊道,想尽量拖延时间,为庄斯坦实施营救创造机会。

"坦斯庄小姐的心上人?"莱切王子小眼珠转了转,吃惊地嘟哝道,"我不就是坦斯庄小姐的心上人吗?还有,挖掘机先生是谁?"

"我们就要攻打地球了,到时我会自己找挖掘机先生的,所以说,我根本就不需要你了。"坦斯庄扶了扶头顶的大花,得意地对庄伟大说。

烤箱一推进大厅,外星贵宾们就爆发出兴奋的欢呼声。正式进行烧烤前,大伟庄走到台上,进行了演讲。他夸耀了一番自己在地球取得的成功,并且明确指出,将来征服了地球,有60亿地球人可以吃。

"不能再等下去了,不然爷爷会被烤死的。"危急时刻,庄斯坦急中生智想出了一个奇妙的办法。趁着外星人专心听演讲的机会,他用随身携带的叶片刀,在背包底部划出一个大大的口子,然后跳到地面上,向厨房跑去。

"背包怎么又变轻了?"小多嘴怪轻声嘀咕着,转过头一看,零食全都掉了出来,在地上堆起一座"小山"。"怪不得,原来背包漏了。"小多嘴怪向左右看看,觉得有些不好意思,幸亏外星人都看着台上的大伟庄,没注意到他。

大伟庄的演讲结束了,赢得了热烈的掌声,大伟庄点头致谢,亲自设定了烧烤时间——四十分钟,并微笑着提醒贵宾们,烤箱是由透明的金属板制成,可以欣赏到烧烤地球人的全过程。

第三十四章　被奶油泡沫包裹住的营地

尽管做了一辈子外星生物研究，但庄伟大从没见到过这么多外星人，真是大开眼界，可是，剩下的时间已经不多了。热浪渐渐从四面八方涌来，金属板变得越来越烫人，空气热辣辣的，呛得鼻子疼。"庄斯坦，快来救爷爷。"庄伟大的目光开始迷离起来，"不然就来不及了啊。"

庄伟大逐渐失去了意识，生死只在一线之间。外星贵宾们小声议论着，不时发出几声满意的狂笑。在他们看来，这场"死亡表演"就要结束了。

然而，在这千钧一发之际，一股乳白色的"巨浪"突然涌进了大厅，淹没了一切……里面夹杂着蔬菜、水果、炊具、胡椒粉瓶子、骆驼、河马、长颈鹿……

乌伦亚星球的隆隆王子有一头引以为傲的紫色头发，上面点缀着各种各样的花朵和水果，平均每天要用七个小时打理，然而他被"巨浪"挤到了天花板的一角，精美的发型毁于一旦；里瓦星球的邱森国王（外形很像一串黑木耳，五张脸就长在褶皱间）猛然发现自己的第二张脸正在跟一只河狸亲嘴（按照里瓦星球的传统，国王用第二张脸亲嘴代表将王权让给对方），邱森国王大为恐慌，眼球差点从眼眶里瞪出来；嘉蕙女王发现一头骆驼骑在自己的肩膀上，吓得头上的"蓝色玫瑰"完全散开，嘴里的刀片飞快转动，大声尖叫了起来……

原来，庄斯坦在重压之下，急中生智，又想到了自己在地球时的小发明——"超级酵母"。于是他跑到厨房，用最快的速度配制出一大块"超级酵母"，并将其扔进一个奶油罐子里，于是奶油开

开普勒452b星惊险之旅

始源源不断地从罐子里冒出来,形成奶油"巨浪",奶油"巨浪"不断膨胀,攻占了所有"气泡",最后竟"吞噬"了大半个营地。

庄斯坦为自己涂上能使超级酵母作用消散的特制粉末,然后以最快的速度穿过奶油"巨浪",打开烤箱,救出了陷入昏迷的爷爷。此时的庄伟大实在是太惨了,身上粘了许多调味料不说,全身上下红彤彤的,像只烤熟了的大龙虾。

值得庆幸的是,庄伟大没有生命危险,很快苏醒过来。发现自己赤身裸体后,为了遮羞,急忙扯下一些奶油泡沫,遮挡在"重要部位"。与此同时,庄斯坦把地球动物们全部救了出来,并开始带领大家向外冲。电梯被奶油封堵住,不能正常运行,他们就从诡异的传递式楼梯下去。

"只要冲出气泡大厦,抢到一架飞行器或飞船,就可以逃出去了!"庄斯坦一边在前面带路,一边高喊着鼓励大家。

万安达国王连同巨型轮椅倒在"巨浪"里,动弹不得,盛怒之下,决定吐出肚子里的六耳龙,进行攻击。可是刚张开嘴巴,无处不在的奶油就挤了进来,把六耳龙又推回到了嗓子眼里。嘴巴里灌满了奶油,咽下去,又灌进来,合都合不上,"狮吼功"也使不出来了。

大伟庄和坦斯庄没有万安达国王那么肥胖和笨拙,通过飞速转动身下的肉轮,成功甩开周围的奶油,从"巨浪"里钻了出来。

"出了什么事?"大伟庄用墨绿色的舌头舔掉脸上的奶油,大吼道,"哪来这么多奶油?"

"我也不知道,爷爷。"坦斯庄身上白一块、绿一块的,猩红

第三十四章　被奶油泡沫包裹住的营地

色的大花湿漉漉地贴在额头上，看上去非常狼狈。

"快把陛下救出来！"大伟庄听到了万安达国王的呻吟声，急忙向已脱身的宛兹士兵们命令道，"还有其他贵宾们，都抓紧时间救出来！"

此时，莱切王子被"巨浪"挤到了窗边，手脚都不能动弹，于是就伸出长舌头——比他的身高还长——将窗玻璃舔干净一块。"天啊，地球生物全都逃到外面去了，而且，而且，还多了一个地球人！"他大声惊呼道。

"多了一个地球人？一定又是那个该死的地球小子！他根本没被炸死！"大伟庄暴跳如雷地吼道，嘴里吐出一连串绿色的小火苗，"我要把他们全都抓回来！我要好好收拾他们！"

大伟庄让坦斯庄留下来，带领一部分宛兹士兵清理奶油，自己则率领大部分人马，冲了出去，追击逃跑的地球人。此时，他仍旧信心十足，以为雷格尔星是自己的地盘，地球人无论如何逃不出他的手心。可是，没想到的是，等待他的不但不是胜利，反而是一场灭顶之灾。

原来，在跟庄斯坦失去联系后，巨人们经过商议，决定联络所有被压迫和被奴役的种族，组成"征讨大军"，前来攻打宛兹人，支援庄斯坦。由于深得人心，"征讨大军"很快就组织起来了，其中包括蓬塔德尔星人、巴尔奇星人、阿鲁通星人、科罗内星人、塔尔卡瓦星人、安布里人……

宛兹军队刚冲出"气泡"大厦，双方就开始了激战。自从大伟庄负责带领军队以来，从没遇到过如此可怕的对手：巨人们挥舞着

 开普勒452b星惊险之旅

簸箕大小的拳头、蓬塔德尔星人挥舞石头做成的巨锤、塔尔塔尔星人和塔尔卡瓦星人使用锋利的叶片刀、阿鲁通星人甩动鞭子一样的长尾巴、科罗内星人驾驭着凶猛残暴的巨鸟并手持长枪……

宛兹军队在分别对付这些种族时，几乎所向披靡。然而，当这些受压迫的种族团结到一起，凝聚成一股力量时，宛兹军队则被打得溃不成军。

一场大战过后，"征讨大军"获得了完胜。随之而来的是一场公平、公正的宇宙大审判，审判的结果是万安达国王和大伟庄首相被扔进了宇宙黑洞；坦斯庄、莱切王子、宛兹军队的将领们以及外星"贵宾"们，罪孽相对较轻，被投进了监狱；机器怪们则更不用说，全部抛进熔炉。

第三十五章
重返地球怀抱

庄伟大、庄斯坦、黄绿正式会合了，他们紧紧拥抱在一起，流下了激动的泪水。庄伟大把庄斯坦从头看到脚，再转过来转过去地看，想必是想看看庄斯坦有没有少了点什么，或是身上有没有受伤。发现庄斯坦完好无缺后，他又抱起黄绿亲热地抚摸着。哦，在地球上，黄绿可不曾受到过这样的待遇。恢复完整的多叶树们"话痨"发作，在旁边叽叽喳喳说个没完没了。

庄斯坦被视作解放开普勒452b星的大英雄，受到了数不清的赞誉，巨人们甚至提议让他做雷格尔星（开普勒452b星）的王中之王，但是庄斯坦婉言谢绝了。说到底，他是个地球人，是要回地球的。

在爷爷协助下，卫生间飞船很快修好了，还在后面加了一连串的"车厢"，将其改造成了"宇宙列车"——这样就能把所有地球动物都带上了。

"天下没有不散的筵席"，陆续送走被宛兹人绑架来的外星

 开普勒452b星惊险之旅

人之后，返回地球的日子到了。庄伟大、庄斯坦等深情地跟开普勒452b星上的朋友们道别，并邀请他们到地球做客。开普勒452b星上的朋友们擦着眼泪，请求庄伟大、庄斯坦等一定不要忘了他们，一定要保持联系。

"宇宙列车"离开开普勒452b星，飞进璀璨无边的宇宙，向遥远的银河系飞去。旅途中不免又要遭遇许多艰难险阻，不过，庄斯坦既然有能力独自穿越宇宙，现在又有爷爷在身边，对付那些困难，自然不在话下。

当"宇宙列车"慢慢向地球靠近时，庄伟大和庄斯坦都激动得说不出话来，动物们更是兴奋得大喊大叫。或许只有在离开地球之后，才会明白她有多么美丽，多么伟大。一个有生命的星球，即使是在全宇宙，也称得上是凤毛麟角的。庄伟大和庄斯坦暗暗发誓，以后一定要倾尽全力保护好地球环境，保护好人类的家园。

庄斯坦驾驶"宇宙列车"环绕地球一周，分别将动物们送回了老家。最后"宇宙列车"在尖峰岭的原始森林中降落，庄伟大和庄斯坦带着黄绿走出"列车"，走进久违的小楼。他们惊讶地发现所有房间都打扫得干干净净，但是仓库里的飞行器不见了。

"这是怎么回事？"庄伟大和庄斯坦面面相觑，非常诧异，"难道小楼被人发现了？"

原来，青年探险家路林在发现小楼后，驾驶在仓库里找到的飞行器，离开了尖峰岭。他向科学界求助，寻找去外星营救庄

第三十五章　重返地球怀抱

伟大、庄斯坦的办法。但是，由于尖峰岭原始森林面积巨大，小楼位置又十分隐蔽，科学界人士用了许多天的时间寻找，都没找到。最后，他们一致认定路林是在异想天开，胡说八道。

路林为了证明自己，开始独自驾驶飞行器，在尖峰岭原始森林寻找。他终于在庄伟大和庄斯坦返回地球后的第三天，找到了小楼。见到庄伟大和庄斯坦的那一刻，他激动得简直说不出话来。路林把自己如何找到小楼，在小楼里看到了什么，怎么离开小楼，以及怎么向科学界求助的，等等，一点一滴地向庄伟大和庄斯坦讲着。路林在讲这些的时候，眼睛里流露的坦诚和语调张扬出的激动打动了庄伟大和庄斯坦。庄斯坦把爷爷被绑架，自己与黄绿驾驶着卫生间飞船去开普勒452b星救爷爷的一路惊、奇、险绘声绘色地讲给路林听。路林听着一时张开嘴，一时瞪大眼睛，一时从椅子上蹦起来……搞得自己像是历险者一样夸张。双方真诚且有趣的交谈促成了人类最美好的友谊——路林与庄伟大、庄斯坦成了真挚的朋友。路林也成为知道庄伟大、庄斯坦在开普勒452b星惊险经历的第一个地球人。

路林尊重庄伟大、庄斯坦的工作需要和生活习惯，此后，再未将他们的消息透露出去。

庄伟大、庄斯坦祖孙俩仍旧住在那栋小楼里，而且一直跟开普勒452b星上的朋友们保持着亲密往来。他们经常去开普勒452b星度假，开普勒452b星上的朋友们有时也会来地球拜访。如今，小楼旁边多了个椭圆形的小仓库——那其实是奇妙果的果核。巨人们来做客时，曾带来一枚奇妙果，果肉吃光后，就将果

核改造成了小仓库。到了晚上,小楼是不用开灯的,因为楼上楼下分别放着一朵硕大的银花——那是银人长老和长老夫人来做客时,送给他们的礼物。